श्री आर.एस. शर्मा जी के लिये
शुभकामनाओं सहित
डा. आर.के. त्यागी
22.12.2018

भीगी रेत

भीगी रेत

रवि शर्मा

प्रभात प्रकाशन, दिल्ली
ISO 9001:2015 प्रकाशक

प्रकाशक • **प्रभात प्रकाशन**
4/19 आसफ अली रोड,
नई दिल्ली–110002

संस्करण • प्रथम, 2019
मूल्य • सात सौ पचास रुपए
मुद्रक • आर–टेक ऑफसेट प्रिंटर्स, दिल्ली

BHEEGI RET *Poems* by Shri Ravi Sharma ₹ 750.00
Published by Prabhat Prakashan, 4/19 Asaf Ali Road, New Delhi-2
e-mail: prabhatbooks@gmail.com ISBN 978-93-5322-217-8

हिंदी कविता के मूर्धन्य हस्ताक्षर

श्री हरिवंशराय बच्चन

को

सादर समर्पित

L. K. Advani

लेखक परिचय

रवि शर्मा जी से मेरा संबन्ध देर से हुआ किन्तु उन्होंने अपने व्यक्तित्व की एक गहरी छाप मेरे हृदय पर छोड़ी है। कुछ ही समय में जितनी आत्मीयता मुझे रवि जी के प्रति अनुभव हुई है, उतनी मुझे अपने जीवन में बहुत कम लोगों के साथ अनुभव हुई है ।

मेरा संपूर्ण जीवन राजनैतिक और सामाजिक कार्यों के प्रति समर्पित रहा है । साहित्य के प्रति मेरा अनुराग बचपन से एक सुधी पाठक जैसा है हालाँकि मैने अपने जीवन काल में अपने अनुभव और विचारों के बारे में काफ़ी कुछ लिखा भी है । किन्तु विशेषत: मेरा लेखन और पाठन दोनों ही गद्य रूप में है ।कविता के प्रति मेरा ध्यान मेरे जीवन के परम मित्र और राजनीतिक सहयोगी श्री अटल बिहारी वाजपेयी जी ने जगाया । उनकी कविताओं को मैने पढ़ा भी है और स्वयं उनसे सुना भी है । उनकी कवितायें स्मरणीय और सराहनीय हैं ।

उसके पश्चात हाल ही में मुझे रवि जी की कविता संग्रह "भीगी रेत" की कुछ कविताओं को स्वयं उनसे सुनने का अवसर मिला । इन कविताओं में मुझे गहरी सोच दिखी । मानवीय संवेदनाओं में लिपटी ये कवितायें हृदय को छूने वाली हैं । उनमें माँ की ममता भी है और जीवन दर्शन भी , प्रेम के रूप भी हैं और मानव कल्याण की कामना भी । कुल मिलाकर इस संग्रह में जीवन की सभी भावनाओं की अभिव्यक्ति है ।

रवि जी का व्यक्तित्व बहुत उर्जावान और सकारात्मक है और इसलिये उनकी उपस्थिति मुझे बहुत भाती है। हालाँकि उनकी पृष्ठभूमि कारपोरेट जगत की रही है किन्तु विगत सालों में उन्होंने अपना सारा समय सामाजिक कार्यों में लगाया है। उनकी पहल "Spreading Goodness" अर्थात 'भलाई का विस्तार' से मैं बहुत प्रभावित हूँ क्योंकि स्वयं मैने अपना सारा जीवन भलाई को ही समर्पित किया है ।

इसलिए मैं रवि जी के कविता संग्रह "भीगी रेत" की सफलता की उत्कट कामना करता हूँ और स्वयं उनके उज्जवल भविष्य के लिये प्रभु से प्रार्थना करता हूँ ।

लाल कृ० आडवाणी

लाल कृष्ण आडवाणी

२३. ११. २०१८

30, Prithviraj Road, New Delhi-110011 • 011 23794124, 23794125

क्या करूँ संवेदना लेकर तुम्हारी?
क्या करूँ?
मैं दुःखी जब-जब हुआ
संवेदना तुमने दिखाई,
मैं कृतज्ञ हुआ हमेशा,
रीति दोनों ने निभाई,
किंतु इस आभार का अब
हो उठा है बोझ भारी;
क्या करूँ संवेदना लेकर तुम्हारी?
क्या करूँ?

एक भी उच्छ्वास मेरा
हो सका किस दिन तुम्हारा?
उस नयन से बह सकी कब
इस नयन की अश्रु-धारा?
सत्य को मूँदे रहेगी
शब्द की कब तक पिटारी?
क्या करूँ संवेदना लेकर तुम्हारी?
क्या करूँ?

कौन है जो दूसरों को
दुःख अपना दे सकेगा?
कौन है जो दूसरे से
दुःख उसका ले सकेगा?
क्यों हमारे बीच धोखे
का रहे व्यापार जारी?
क्या करूँ संवेदना लेकर तुम्हारी?
क्या करूँ?

क्यों न हम लें मान, हम हैं
चल रहे ऐसी डगर पर,
हर पथिक जिस पर अकेला,
दुःख नहीं बँटते परस्पर,
दूसरों की वेदना में
वेदना जो है दिखाता,
वेदना से मुक्ति का निज
हर्ष केवल वह छिपाता;
तुम दुःखी हो तो सुखी मैं
विश्व का अभिशाप भारी!
क्या करूँ संवेदना लेकर तुम्हारी?
क्या करूँ?

—हरिवंशराय बच्चन

माँ

माँ कहती है
तू अपने आपको इतना सताता क्यूँ है
ग़र खाने का वक़्त ही नहीं है
तो फिर कमाता क्यूँ है ?

तेरे चेहरे से लगता है कि
बचपन तेरा सो सा गया है
बच्चा जो मैंने पाला था
वो कहीं खो सा गया है !

अब तेरे पास वक़्त की
बहुत कमी सी है
कहने को तो बहुत पाया तूने
पर आँखों में कुछ नमी सी है !

आ बैठ तू मेरे पास
मैं फिर से तुझे तेरे बचपन से मिलाती हूँ
पुराने वो दिन फिर से तेरे ज़हन में लाती हूँ
याद है तुझे
शायद याद न होगा
कैसे तू चाँद को चंदा मामा बुलाता था
भरकर उसे आँखों में कितना मुसकराता था
अपने छोटे पाँवों से

सारे घर में भागा-फिरता था
चलना सीखा था तभी तूने
न जाने कितनी बार गिरता था
गिर के भी रोता नहीं मुसकराता था
हम सबको अपने पीछे कितना भगाता था
तोतली अपनी बोली से
कितना हँसाता था
और अपने बुख़ार में
अपनी माँ को कितना रुलाता था
तेरे ठीक होने की
हज़ारों दुआएँ करती थी
तेल के दीये को करके न्योछावर
नाली पे रखा करती थी
याद है तुझे स्कूल का पहला दिन
जाते समय तू कितना रोया था
और उसी दिन आँखों में मैंने
एक सपना बोया था
तुझे पढ़ाना है लिखवाना है
और सबसे ज़्यादा इक अच्छा इंसान बनाना है
याद कर वो सारी बातें
आँगन में सोकर गुज़ारी रातें
मच्छरदानी से दिखती
वो तारों की सौगातें
नानी की कहानियों में
राजकुमारी की राजकुमार से मुलाक़ातें

तेरा पिट्ठू से लेकर
गुल्ली डंडा तक खेलना
स्कूल की रिक्शा को
पीछे से ढकेलना
टीन के डिब्बों को
डोरी से जोड़ना
पतंग का उड़ाना
और लट्टू को फोड़ना
आइस-पाइस का खेल वो
और जा के छिप जाना
फिर शाम को लौट के
दोस्तों के नाम बताना
याद है तुझको
छुट्टियों में खेत पर जाना
और कई-कई बार
ट्यूबवेल में नहाना
हल के साथ चलना
और बैलगाड़ी को हाँकना
भोर होते ही घर से निकलना
और शाम से पहले न झाँकना
ऊँचे उस पेड़ से
जामुन को तोड़ना
पड़ोसी के बाग़ में
न आमों को छोड़ना
माली की शिकायत को

झूठा ही बताना
और दोस्तों के बीच अपने
इस बात पे इतराना
नानी का वो तेरे
हाँड़ी में दूध रखना
और तेरा उँगली डालकर
मलाई का पहले चखना
चलते समय दादी का
पाँच रुपए तुझको देना
और तेरा पैर छू के
आशीर्वाद उसका लेना
स्कूल में तेरा वो
गणित से घबराना
पर खेलों की ट्रॉफियों की
ड्राइंगरूम में सजाना
इम्तिहान से पहले मेरा
बाँटना वो नज़राना
ख़राब अपने नंबर
तेरा पापा से यूँ छिपाना
फिर गया बचपन
और तू कितना सँभल गया
कॉलेज की पढ़ाई में
बिल्कुल ही ढल गया
मेहनत ने तेरी तुझको कामयाब बनाया
ज़िंदगी के खेल में आफ़ताब बनाया

पर मुझे तेरा बचपन ही सबसे अज़ीज़ है
वो ही मेरे दिल के सबसे क़रीब है
अब तो तेरे पास
न वक़्त है न बात है
काम ही काम है
न दिन है न रात है
अब तू मुझे
जो फोन भी करता है
तो मैं लंबी बात न कर बैठूँ
इस बात से डरता है
मैं भी तुझे
अब कुछ नहीं बताती हूँ
दुःख-दर्द को अपने
बस दिल ही में छिपाती हूँ
मैं ठीक हूँ यहाँ पर
हरदम यही कहती हूँ
पर इंतज़ार में तेरे
हर रोज़ ही रहती हूँ
जब तेरी याद आती है
घंटों न मैं कुछ करती हूँ
आँखों में अपनी तेरे बस
बचपन के सपने भरती हूँ
आँसू मेरे कभी-कभी
गालों से ढलकते हैं
तेरी उँगलियाँ थामेंगी कभी उनको

यह सोचकर और छलकते हैं
तू कहता है तूने पैसे भेजे हैं
मैंने अलमारी में वो सारे सहेजे हैं
अब न तो किसी चीज़ की
न पैसों की चाह है
कब बैठेगा बेटा पास मेरे
बस इसकी ही राह है;
पकड़े मेरी हथेली को
और अपने गाल तक ले जाए
फिर अपने ही हाथों से
मेरी झुर्रियों को सहलाए
सोचती हूँ और मुस्कुराती हूँ
कब वो मेरा दिन ऐसा आएगा
जब मेरा बेटा मेरे साथ वक़्त बिताएगा;
बस वही
मेरे जीवन की सौग़ात होगी
उससे बड़ी न मेरे लिए
और कोई बात होगी,
चल चलती हूँ अब मैं
मुझे तेरा इंतज़ार करना है
तू बाँटेगा वक़्त कभी तो
ये एतबार करना है
कल रहूँ न रहूँ
पर मेरी रूह हमेशा तेरे पास है
क्यूँ दूर है मुझसे तू

बस इस बात से मन उदास है
लेकिन चलने से पहले
ये कह के विदा लेती हूँ
तेरे बच्चे दें वक़्त तुझको
मैं इसकी दुआ देती हूँ!

❑

शपथ

समय के इन थपेड़ों से
इतना क्यूँ तू रोता है
पता नहीं क्या तुझको ये
जीवन ऐसा ही होता है
सुख-दुःख तो है धूप-छाँव सी
इस जीवन की राहों में
पर क्या डगर से हार मान
कोई राही ऐसे सोता है ?

चल उठ कमर कस
और छोड़ नींद अब आँखों की
लड़ी पिरो ले साहस में
तू अपनी इन साँसों की
जाना तुझे अभी दूर बहुत
और शपथ को निभाना है
जीत कर जीवन पथ को
स्वयं को तुझको पाना है !

कोई नहीं है साथ तेरे
बस श्वास ही ये पास है
पर याद रख ये श्वास ही
तेरे जीवन की आस है
जीवन की इस दुर्गमता से
न तुझे कभी अब डरना है
तुझको तो अपने सपनों में
रंग यथार्थ का भरना है !

❑

अवसान

उस युग का अब अवसान हुआ
नव चेतन का निर्माण हुआ
वो अवसर था
पर दुष्कर था
कभी सरल पथ
कभी दुर्गम रथ
जीवन-मरण का प्रश्न कभी
कभी जीवन प्रसंग का ज्ञान हुआ !

उस युग का अब अवसान हुआ !

था क्षणिक उषा का क्षण
बहुत सरस था प्रात: कण
फिर सूर्य चढ़ा
और ताप बढ़ा
हुई ओझल वो ओस बिंदु
वाष्प बना आसक्ति सिंधु
जीवन यथार्थ के दर्पण में
क्षणभंगुरता का परिमाण हुआ !

उस युग का अब अवसान हुआ !

फिर पवन चली और स्वप्न बढ़ा
महत्त्वकांक्षी मैं लिये पंख उड़ा
नीचे सिंधु और ऊपर नभ
नहीं बचा मैं बिंदु भी अब

रहस्य खुला ब्रह्मांड विस्तार
हुआ प्राप्त अहम निस्तार
स्वस्तित्व सत्यहीन दिखा
और चूर्ण मेरा अभिमान हुआ !

उस युग का अब अवसान हुआ !

रात्रि पहर हुआ तम तांडव
कौरव सर्वत्र दिखें नहीं पांडव
किंकर्तव्यविमूढ़ क्या मैं करूँ
बनूँ अर्जुन या अभिमन्यु मरूँ
कृष्ण कभी तो कभी कर्ण बना
युद्ध स्वयं से प्रतिबार चुना
हुआ हृदय क्षत-विक्षत जब
जीवन अस्तित्व श्मशान हुआ !

उस युग का अब अवसान हुआ !!

❑

तुम कौन हो ?

तुम ही हो मेरी अभिलाषा
मेरा जीवन हो
परिचय हो
तुम ही हो मेरी परिभाषा

फिर भी पूछता हूँ तुमसे ही–
तुम कौन हो ?

तुम मेरे अंतर्मन की वेदना
मेरी साधना हो
कल्पना हो
तुम मेरे हृदय की प्रेरणा

फिर भी पूछता हूँ तुमसे ही–
तुम कौन हो ?

मेरे सपनों की आस तुम
तुम प्रेम हो
सत्य हो
हो जीवन का विश्वास तुम

फिर भी पूछता हूँ तुमसे ही–
तुम कौन हो ?

तुम हो जीवन दर्पण मेरा
मेरे हृदय की साँस तुम
होंठों की मुस्कान तुम
सर्वस्व तुम्ही को अर्पण मेरा
फिर भी पूछता हूँ तुमसे ही–
तुम कौन हो ?

हो वर्षों से तुम संग मेरे
सुख में दुःख में
जीवन पथ में
तुम ही हो प्राणप्रसंग मेरे

फिर भी पूछता हूँ तुमसे ही–
तुम कौन हो ?

हो रूप का अभिमान तुम
नव दृष्टि हो
नव सृष्टि हो
हो कृतज्ञता का मान तुम

फिर भी पूछता हूँ तुमसे ही–
तुम कौन हो ?

तुम नव पुष्प का एक अंग
तुम सुंदर हो
कोमल हो
स्पर्श से होता रूप भंग
फिर भी पूछता हूँ तुमसे ही–
तुम कौन हो ?

चारों दिशाओं में हो तुम
तुम मेरे हृदय में हो
तुमको भुलाने का साहस कैसे कर पाऊँगा मैं
मेरी शिराओं में हो तुम
फिर भी पूछता हूँ तुमसे ही–
तुम कौन हो ?

❑

अधिकार

तुमने सोचा था
स्मृतियों को भुला दो
ये तुम्हारी भूल थी
उन पर मेरा भी अधिकार है !

साथ बिताए लम्हों को
सपनों में सुला दो
खुले हुए उन ज़ख़्मों को
मिट्टी से दबा दो
फिर साँसों की उन आँहों को
चुपके से मिटा दो
दिलों की उस तड़पन को
पल भर में भुला दो
कैसे सोचा तुमने ये सब
इकतरफ़ा इन बातों को
यह तुम्हारी भूल थी
दोतरफ़ा होता प्यार है !

उस पर मेरा भी अधिकार है !!

❑

सत्य

सत्य जो होता मृत्युहीन,
जीवन में प्रतिपल मरता क्यूँ ?
असत्य लिये जीवन वरदान,
वाणी में सबकी भरता क्यूँ ?

सत्य जो होता मृत्युहीन…

सत्य जो होता सर्व सरल,
कठिन संवाद से डरता क्यूँ ?
देख असत्य की आतुरता,
वो स्वाभिमान को हरता क्यूँ ?

सत्य जो होता मृत्युहीन…

शाश्वत सरल है सत्य सदा,
पर नहीं परिभाषित होता क्यूँ ?
ये झूठ की चादर ओढ़-ओढ़,
हर व्यक्ति यहाँ पर सोता क्यूँ ?

सत्य जो होता मृत्युहीन…

कहने करने का भेद लिये,
आडंबर मन को ढोता क्यूँ ?
वध सत्य का करके स्वयं,
फिर नेत्र अश्रु में खोता क्यूँ ?

सत्य जो होता मृत्युहीन…

❑

है ये कैसा विश्वास

प्रतिपल मरकर भी है
क्यूँ नवजीवन की आस
है ये कैसा विश्वास !

वही एक जीवन नहीं मिला
जन्म से जिसको जाना था
वही एक सूरत नहीं दिखी
बस जिसको मैंने पहचाना था
फिर भी…
क्यूँ मन होता नहीं निराश !

है ये कैसा विश्वास !

तप्त चाँदनी की ये किरणें
मन को हैं झुलसाती मेरे
तारों की ये झिलमिल-झिलमिल
तन में है चुभ जाती मेरे
फिर भी…
क्यूँ प्रिय लगती ये रात !

है ये कैसा विश्वास !

युगों से लगते अपने जो
उनको भी मैंने भुला दिया
सपनों को इन रातों में
थपकी देकर सुला दिया
फिर भी…
क्यूँ मधुर मिलन की आस !

है ये कैसा विश्वास !!

जीवन सिंधु

जीवन सिंधु में नैया खेना
बिल्कुल आसान नहीं है
और झंझावात से हार मानना भी
कोई मान नहीं है !

नियति लहर उठी है ऊँची
और उठेगी कल भी यूँ ही
निमंत्रण लहरों का ठुकराना
कोई स्वाभिमान नहीं है !

विषम स्थिति से भयभीत होना
कोई सम्मान नहीं है
हारकर पुन: प्रयत्न करना
कदाचित् अपमान नहीं है !

निश्चय साहस धीर का
अंतत: होता है विजय घोष
सृष्टि भी इस सत्य नियम से
किंचित् अनजान नहीं है !

जीवन सिंधु में नैया खेना
बिल्कुल आसान नहीं है !!

❑

झंझावात

कितने झंझावात हैं देखे
और कितनों को पार किया
कभी मन को समझाया मैंने
कभी मन पर अधिकार किया !

किया सदा ही हठ स्वयं से
स्वयं से ही प्रतिकार किया
पुरूषार्थ ही है जीवन प्राण
चरितार्थ ये बारंबार किया !

कर स्वागत प्रतिपल का मैंने
नवजीवन का विस्तार किया
करूँ समर्पण प्रथम स्वयं का
प्रण ऐसा ही हर बार किया !

कितने झंझावात हैं देखे
और कितनों को पार किया
कभी मन को समझाया मैंने
कभी मन पर अधिकार किया !!

❑

प्रश्न

कौन हूँ मैं ?

बीता हुआ कल
या स्वप्न की शक्ल
भीगी आँखों का तारा
या टूटता सितारा ?
कौन हूँ मैं ?

महकता सावन
या बहकता साजन
ओस का घेरा
या बासी सवेरा ?
कौन हूँ मैं ?

शाम का अँधेरा
या सूरज का उजाला
भीड़ का मेला
या मेले में अकेला
जीवन का अंत
या जीवन अनंत ?
कौन हूँ मैं ?

❑

अभिलाषा

नहीं शेष अब कोई आशा
मेरा जीवन
एक टूटी अभिलाषा !

आँखों के आँसू हैं सूखे
इन पुष्पों की पँखुड़ियाँ भी
आशा की कड़िया हैं टूटीं
उन सपनों की लड़ियाँ भी
जीवन में बस शेष निराशा !

मेरा जीवन
एक टूटी अभिलाषा !

सावन की रिमझिम है फीकी
और इंद्रधनुष के रंग भी
सपनों ने अब साथ है छोड़ा
नहीं आज कोई मेरे संग भी
नहीं देता कोई मुझे दिलासा !

मेरा जीवन
एक टूटी अभिलाषा !

❑

मूल्य

प्रभु ने पूछा
मूल्य दिया क्या ?
इस जग में तुम आए
कोटि-कोटि योनियों को जीकर
मनुष्य रूप अब पाए
सुख-दुःख के इस अविरल पथ पर
स्वयं को तुमको खोना होगा
मूल्य तो तुमको देना होगा !

जब किया तुम्हें था जीवन अर्पण
मंत्र दिया था तुम्हें 'समर्पण'
पावन जीवन की उषा में
कहा तुम्हें था करो स्व-अर्पण
जीव-जीव को, मित्र-सखा को
अग्रज को और मात-पिता को
आशीर्वाद प्रतिजन से लेना होगा
मूल्य तो तुमको देना होगा !

मैं बोला
प्रभु चिर स्वप्न थे मेरे निरंतर
जीवन सागर के इस पथ पर
आशा का संचार करूँगा
परोपकार के नाम पे सबके
अपना भी उद्धार करूँगा
किंतु हृदय के इस पिंजड़े में
अचेतन अब मैं हो चुका हूँ
प्रभु, मूल्य तो मैं खो चुका हूँ !

अब देखूँ जब अपने वास
नहीं होता स्वतः विश्वास
कोढ़ता हूँ अंतर्मन को
लिया-दिया सब ही स्वजन को
नहीं बाँटा कुछ भी परिजन को
अपनी मानवता का चेहरा
मैं कालिमा से धो चुका हूँ
प्रभु, मूल्य तो मैं खो चुका हूँ!

प्रभु, वर्ष गिरे तो जानी भाषा
समर्पण जीवन की परिभाषा
फिर से जागी मेरी अभिलाषा
और लगाई संबंधों से आशा
कि वो भी समझें मेरी भावना
किंतु असंभव इस आशा पर
कई बार अब मैं रो चुका हूँ
प्रभु, मूल्य तो मैं खो चुका हूँ!

अब चलता पथ पर अकेला
छोड़कर उस भीड़ का रेला
अपने ही कंधों पर ढोता
मूल्य समर्पण के और रोता
दृढ़ता और आशा थी फिर भी
मूल्यों की इस हार-जीत में
अब चिरनिद्रा में सो चुका हूँ
प्रभु, मूल्य तो मैं खो चुका हूँ!

प्रभु बोले
नहीं दिया है तुमने
बस मूल्य को अपने खोया है
गुरूमंत्र समर्पण का भुलाकर
विष बीज नया कोई बोया है
करने को इस भूल का प्रायश्चित
जब तक ना हो जाओ समर्पित
प्रति बार जन्म तुम्हें लेना होगा
मूल्य तो तुमको देना होगा !!

❑

अनुभूति

क्यूँ लगता है मुझे कुछ ऐसा
नहीं लगा था कभी भी जैसा
क्यूँ जीवन ने आज यूँ मोड़ा है
क्या अब समय बहुत ही थोड़ा है ?

जीवन अनुभव के राग-द्वेष ने
प्रेम-प्रतिज्ञा और अनुराग वेश ने
क्यूँ मुझे प्रतिपल आज झिंझोड़ा है
क्या अब समय बहुत ही थोड़ा है ?

पूर्ण जीवन के कर्तव्य मार्ग का
मर्यादित और अमर्यादित कार्य का
आज क्यूँ हृदय ने सार निचोड़ा है
क्या अब समय बहुत ही थोड़ा है ?

कह चुका जो शब्द उन्हें क्रूर भाव के
ईर्ष्या-अपमान और द्वेष-राग के
क्यूँ प्रतिशब्द लगता आज निगोड़ा है
क्या अब समय बहुत ही थोड़ा है ?

चेतना प्रति क्षण की वातावरण में
वेदना हृदय कण की अंतःकरण में
क्यूँ लगती प्रभु शरण में रोड़ा है
क्या अब समय बहुत ही थोड़ा है ??

❑

एक और पत्ता टूटा है

इस जीवन की बेजोड़ शपथ में
रात्रि पहर के निर्जन पथ में
नभ से कोई तारा क्यूँ छूटा है
या नियम से कोई अनूठा है ?

आज मेरी शाख़ से एक और पत्ता टूटा है !

दौड़ रहा हूँ हर दिन प्रतिपल
हर क्षण करता मुझसे ही छल
मैं क्या समझूँ परिभाषा सच की
या फिर वर्तमान सब झूठा है ?

आज मेरी शाख़ से एक और पत्ता टूटा है !

हर दिन देता मैं जिसको जल
आँचल से ढकता मैं प्रति पल
वो स्नेह बीज है बरसों देखा
क्यों कोंपल फिर ना फूटा है ?

आज मेरी शाख़ से एक और पत्ता टूटा है !

क्षीण जीव होता प्रति पल में
समय-बुद्धि के इस छल में
क्या बात है ये कोई अनहोनी
या नियम यहाँ कोई टूटा है ?

आज मेरी शाख़ से एक और पत्ता टूटा है !

हूँ लहूलुहान क्षत-विक्षत मैं
रक्त वेश ओढ़ अब अक्षत मैं
अब मैं भागूँ तो कैसे भागूँ
मुझसे बँधा रक्त का खूँटा है !

आज मेरी शाख़ से एक और पत्ता टूटा है !

रक्षा करता मैं धूप-वृष्टि से
जब-तब आई क्रुद्ध सृष्टि से
फिर भी ना दिखता आभार कहीं
अब कोई व्यक्ति ना छूटा है !

आज मेरी शाख़ से एक और पत्ता टूटा है !

सब कहते मेरी जड़ सशक्त है
इन शिराओं में भरपूर रक्त है
फिर क्यूँ नहीं फलते बीज मेरे
क्या भाग्य ने मुझको लूटा है ?

आज मेरी शाख़ से एक और पत्ता टूटा है !

सुख-दुःख रहते सबके जीवन में
जैसे बादल होता नभ पवन में
फिर सूर्य किरण है दुर्गम क्यों
क्या ईश्वर मुझसे रूठा है ?

आज मेरी शाख़ से एक और पत्ता टूटा है !!

❑

नियति

जब कभी
रुकता हूँ
और मुड़कर देखता हूँ
अपने जीवन का लेख
तो पाता हूँ
कुछ टेढ़ी रेखाएँ
कुछ सीधे ख़याल
कुछ बिखरे अंतरे
और
कुछ बिछड़े सवाल
कभी कहीं हैं
शब्द ही शब्द
किंतु पूरे निरर्थ
तो कभी कहीं
सबकुछ निःशब्द
पर पूरा है अर्थ
चला हूँ जिन डगरों पर
और कैसे गिरा हूँ
कभी गिराया समय ने
तो कैसे सँभला हूँ
सोचता हूँ
पर कोई छोर नहीं है
और क्यूँ चला हूँ
इस पर ज़ोर नहीं है
स्वयं से नहीं चला हूँ
ये भी विद्रोह नहीं है

पर चला हूँ
और चलता रहूँगा
इसमें संदेह नहीं है
कभी सीधी
तो कभी तिरछी रेखाओं में
कभी पूरे
तो कभी अधचुके अंतरों में
कभी गर्व
तो कभी अभिमान में
कभी सम्मान
तो कभी अपमान में
कभी छोह
तो कभी बिछोह में
कभी निःशब्द
तो कभी शब्दों में
निश्चय ही बहा हूँ
और निश्चय है
बहूँगा निरंतर
अविरल
समय में
अपने आप में
और शायद कहीं
शून्य में भी
किंतु रुकूँगा नहीं
कहीं भी
कभी भी
क्योंकि
बहना ही मेरी नियति है !!

मिथ्या

मैं
तुम
ये
वो
लगता है
सब मिथ्या है !
मैं
हूँ नहीं
या
हूँ कहीं
क्षण हूँ
या
क्षणभंगुर
मैं
मन हूँ
या
आत्मा
या फिर
स्वरूप में परमात्मा
मुझे
जीवन का अवसर है
या
अवसर है आजीवन
हैं
अस्थियाँ शरीर में
या

अस्थियों पर शरीर है
मैं हूँ
शरीर के अंदर
या
शरीर मेरे बाहर है
जीवन है एक प्रारंभ
या है
एक त्रासदी और प्रारब्ध
क्या है
जीवन का अंत
या
है ये
एक प्रयत्न अनंत
जीवन है संघर्ष
या
संघर्ष है जीवन
समर्पित है मुझे जीवन
या
मैं हूँ समर्पित जीवन को
या फिर
जीवन है स्वरूप समर्पण,
प्रश्न हैं अनगिनत
किंतु नहीं कोई उत्तरदायक
पर
क्यूँ ढूँढ़ता हूँ
किसी और को
हैं ये प्रश्न मेरे
स्वयं से

और वस्तुतः
सभी के
ढूँढ़ने हैं उत्तर जिनके
आजन्म मुझे
किंतु तब तक
मैं
तुम
ये
वो
सब मिथ्या है !

❑

बारिश

बारिश की इन बूँदों में
एक आस दिखाई देती है
धरती से जा मिलने की
एक प्यास दिखाई देती है !

विरह की ठंडी अग्नि में
एक ज्वाल दिखाई देती है
अभिलाषा पिय-आलिंगन की
प्रति काल दिखाई देती है !

पिय-चुंबन के आकर्षण में
हर श्वास दिखाई देती है
परिभाषा पिघले होंठों की
कुछ खास दिखाई देती है !

प्रतिबिंबित धड़कन आँखों में
प्रति बार दिखाई देती है
स्वर लहरी चिर-आलिंगन की
इस पार दिखाई देती है !

बारिश की इन बूँदों में
एक आस दिखाई देती है !!

❑

माँ कहती है

माँ कहती है
धनवान नहीं गुणवान बनो !

मर्यादा का मान करो
स्व-सामर्थ्य का ध्यान धरो
जितनी चादर उतने पैर
स्वयं में प्रतिमान बनो !

माँ कहती है
धनवान नहीं गुणवान बनो !

निष्काम भाव स्वभाव करो
बातों में सद्भाव भरो
भक्ति भरा उन्मुक्त भाव
प्रभुत्व का गुणगान बनो !

माँ कहती है
धनवान नहीं गुणवान बनो !

मुखोचित बस बात करो
अन्यत्र ना संवाद करो
गुण देखो उनको सीखो
गुणों का स्वाभिमान बनो !

माँ कहती है
धनवान नहीं गुणवान बनो !

न स्वयंता ध्यान करो
द्विजस्वप्न का मान धरो
करो सिंचाई अपनी जान
उनका तुम अभिमान बनो !

माँ कहती है
धनवान नहीं गुणवान बनो !

गुरु गोविंद निर्मल दोहा
न उसका केवल सम्मान धरो
बिना गुरु मुक्ति असंभव
गुरु श्रद्धा का गान बनो !

माँ कहती है
धनवान नहीं गुणवान बनो !

धन नहीं बनाता धनवान
दानी बन धनवान बनो
परिभाषा के चरितार्थ हेतु
स्वयं ही परोपकारवान बनो !

माँ कहती है
धनवान नहीं गुणवान बनो !

आओ अँधेरे मिटाएँ

आओ अँधेरे मिटाएँ
आओ दीये हम जलाएँ
जीवन की इस डगर पे
दिलों में दिवाली जगाएँ !

देश की अशिक्षा को
सत्य की अभिक्षा को
जीवन में फसादों को
ख़ुशी के अवसादों को
आओ मिलकर मिटाएँ !

आओ अँधेरे मिटाएँ
आओ दीये हम जलाएँ !

बच्चों के रोज़गार पर
भीख की भरमार पर
गरिमा के उधार पर
राजनीतिक व्यापार पर
सब मिल रोक लगाएँ !

आओ अँधेरे मिटाएँ
आओ दीये हम जलाएँ !

भ्रूण के हत्यारों को
घूमते व्यभिचारों को
देह लिप्त व्यापारों को

काले उन करारों को
आओ सबक सिखाएँ !

आओ अँधेरे मिटाएँ
आओ दीये हम जलाएँ !

भ्रष्टाचार के कलंक को
रोज़ बढ़ते इस डंक को
हर तरफ़ घूसखोरी को
रोज़ बढ़ती हुई चोरी को
चलो सब मिल हटाएँ !

आओ अँधेरे मिटाएँ
आओ दीये हम जलाएँ !

धर्मों के बीच भेद को
मानवता पर खेद को
राजनीति की चाल को
बैर की इस मशाल को
आओ सब मिलके बुझाएँ !

आओ अँधेरे मिटाएँ
आओ दीये हम जलाएँ !

जब तक कोई भूखा रहे
भीख में कोई रूखा रहे
कोई बिन लिखा-पढ़ा रहे
जब तक पीछे खड़ा रहे
तब तक ना थकान लाएँ !

आओ अँधेरे मिटाएँ
आओ दीये हम जलाएँ !

जब सबके पास शिक्षा हो
न कोई माँगता भिक्षा हो
सबके पास आधार हो
न बुज़ुर्गियत की मार हो
तभी सच्ची ख़ुशियाँ मनाएँ !

आओ अँधेरे मिटाएँ
आओ दीये हम जलाएँ
जीवन की इस डगर पे
दिलों में दिवाली जगाएँ !!

दीया मेरा जलता रहा

वायु के प्रहार में भी
ओस की फुहार में भी
वो राह पे चलता रहा
दीया मेरा जलता रहा !

धरा का वो रूप था
सृष्टि का स्वरूप था
अग्नि से खिलता रहा
दीया मेरा जलता रहा !

नींद में वो स्वप्न सा
सत्य में वो नग्न सा
श्वास सा चलता रहा
दीया मेरा जलता रहा !

बाती उसकी चुक रही
झंझावात देह दुख रही
पर तम से लड़ता रहा
दीया मेरा जलता रहा !

साहस का वो चिह्न रहा
कायरता से भिन्न रहा
अमरत्व में मिलता रहा
दीया मेरा जलता रहा !

धरती से आकाश तक
मेरी अंतिम श्वास तक
जीवन वो भरता रहा
दीया मेरा जलता रहा !! ❑

गुनाह

देखता हूँ जो मुड़कर अपने दिन
ज़िंदगी के वो बिताए पल छिन
तो लगता है नहीं मुझे थी ख़बर
सो रहा था अपने आप में बेख़बर
गुनाहों की भीड़ में बस मैं अकेला था
चारों तरफ़ मेरे गुनाहों का ही मेला था !

किसके थे गुनाह मैं ये सोचता हूँ
क्यूँ खो गया था मैं ये पूछता हूँ
पर क्यूँ पूछता हूँ जब मैं जानता हूँ
करता हूँ स्वयं स्वाँग पर नहीं मानता हूँ
ये सब किया-धरा मेरा ही घेरा है
गुनाहों का लगाया यहाँ मैंने ही डेरा है !

गुनाह मेरी छाती में पौधे से पनपते हैं
निकलकर साँपों से फिर सबको वो डसते हैं
मैं सोचता हूँ मैं उन्हें हाँकता हूँ
पर किधर जाएँगे वो मैं ये नहीं भाँपता हूँ
फिर कैसे मैं ख़ुद पे ऐतबार करूँ
हिम्मत नहीं है कि ख़ुद से इक़रार करूँ !

कब तक चलेगा ये सिलसिला मैं क्यूँ खोता हूँ
कर्म पुरुष हूँ फिर मैं क्यूँ रोता हूँ
उठना है मुझे गुनाहों को मार गिराना है
मारकर उनको मुझे फिर आग से जलाना है

ताकि ना रहे अस्तित्व उनका जो मुझको लुभाता है
फिर दोष बोध करा के मुझे ख़ूब ही रुलाता है
होऊँगा सफल मुझे जीतने की आस है
मिटाऊँगा गुनाहों को इस जीवन में विश्वास है !!

❑

इंद्रधनुष

जीवन पथ पर जीवन भर तक साथ रहोगे तुम मेरे,
तभी तो कहता हूँ तुमसे मैं कि तुम ही हो बस तुम मेरे !

जब भी आएँगी जीवन में सर्द हवाएँ और अँधेरे,
तुम पाओगी अपने संग में मेरी बाँहों के घेरे !

तेरी आँखों में देखे हैं सपने मैंने बहुतेरे,
रंग-बिरंगे इंद्रधनुष से चेहरे हैं तेरे-मेरे !

देखा है तुमको जबसे मुझे इन सपनों से मिलना है,
कलियाँ हैं जितनी दिल में उन सबको अब खिलना है !

आँखों के कोनों से निकले पानी को ना बहना है,
जीवन में जो भी दुखकर है वो तुमको ना सहना है !

होंठों के उन अंगारों को तुमको अब ना पीना है,
तुमको तो मेरी बाँहों में जी भरके अब जीना है !

जीवन पथ पर जीवन भर तक साथ रहोगे तुम मेरे,
तभी तो कहता हूँ तुमसे मैं कि तुम ही हो बस तुम मेरे !!

बात

मैं क्या कहूँ और क्यूँ कहूँ
क्या नई बात हूबहू कहूँ
सही को ग़लत कहूँ
या फिर ग़लत को सही कहूँ
बात की फ़ितरत है ऐसी
बढ़ती है ये जितना कहूँ !

मैं क्या कहूँ और क्यूँ कहूँ !

लगता जो सच वैसा कहूँ
या अच्छा लगे वैसा कहूँ
या जो करे भला वैसा कहूँ
अपलक रहता मैं सोचता
स्वयं, स्थिति या कल्याण
मैं किसके प्रति सच्चा रहूँ !

मैं क्या कहूँ और क्यूँ कहूँ !

गर कहता हूँ मैं सच्चाई
तो उसके प्रति बुरा बनूँ
जो कहूँ उसकी प्रिय बात
तो अपने प्रति झूठा बनूँ
गर बात सर्वकल्याण की
तो चारों तरफ़ निंदा भरूँ !

मैं क्या कहूँ और क्यूँ कहूँ !! ❑

प्रभु "कर" लेते हैं

कहते हैं
प्रभु "कर" लेते हैं !

जल जीवन की नैया में
गोदी की अपनी मैया में
सुख-दुःख की इस शैया में
हमको हिचकोले देते हैं !

कहते हैं
प्रभु "कर" लेते हैं !

सूर्य देवता जैसे कर लेते
पता न जल को लगने देते
वैसे ही प्रभु इस जीवन में
हमसे भी कुछ हर लेते हैं !

कहते हैं
प्रभु "कर" लेते हैं !

वाष्प उड़ाकर जलाशयों से
जलनिधि से कुछ बूँदें लेकर
सूर्यदेव फिर घन माध्यम से
वर्षा सब पर कर देते हैं !

कहते हैं
प्रभु "कर" लेते हैं !

देते हैं कर उनको सब हम
जान न पाते उनकी सरगम
कब पाते और कब खोते हैं
जीवन भर हँसते-रोते हैं !

कहते हैं
प्रभु "कर" लेते हैं !

कर देना तो है आवश्यक
होना है सबको नतमस्तक
अगले जीवन या दें प्रतिपल
ऋण न प्रभु रखने देते हैं !

कहते हैं
प्रभु "कर" लेते हैं !

कभी देते वो हर्ष पुष्प
कभी यौवन का दंभ पुष्प
कभी जीवन के उपवन में
शूल वेदना भर देते हैं !

कहते हैं
प्रभु "कर" लेते हैं !

कभी जिसे उपहार जानते
तो कभी जिसे उपहास मानते
जीवन के अगले ही क्षण में
उलटा उनको हम कहते हैं!

कहते हैं
प्रभु "कर" लेते हैं !

कभी अश्रु हैं हर्ष विधा के
कभी शूल हैं दुःख दुविधा के
क्या हर्ष और क्या है दुविधा
हम शंषित इसमें रहते हैं।

कहते हैं
प्रभु "कर" लेते हैं। ❑

नित्य

नित्य
होता हूँ पवित्र
मैं
अपने अस्तित्व में
ओस की बूँद-सा
रात्रि के
अंतिम पहर की
शांत
सौम्य
अनकही
अनछुई
आकाश से आती
प्रेम को बहाती
धरा को नहलाती
उषा का मान
प्रभात का सम्मान
इष्ट देव-सी
सत्य भेद सी
पवन में आच्छादित समान
साहस का अदम्य प्रमाण
किंतु
वो कोमल जल
सूर्य संदेश में
होता ओझल
परंतु
अविचल दीक्षा

तम की प्रतीक्षा
न कोई समीक्षा
आती है पुनः
हर बार
और देती है
रात्रि पहर का
स्नेहगान
पवित्र स्नान
नित्य !

मैं औरत हूँ

मैं औरत हूँ
मैं दुनिया की
धड़कन को चलाती हूँ!

धड़कनों को आदमी की
माँ बन दुनिया में लाती हूँ
साथ उनके बहन बनकर
मैं हँसती-खिलखिलाती हूँ
प्रेम का मतलब उनको मैं
प्रेमिका बन सिखाती हूँ
छोड़ के अपना घर-आँगन
फिर उनकी ही हो जाती हूँ
बेटी बन हमेशा उनको
मैं सजाती और खिलाती हूँ
हरेक धड़कन को जीती मैं
हरेक धड़कन जिलाती हूँ

मैं औरत हूँ
मैं दुनिया की
धड़कन को चलाती हूँ!

हँसे धड़कन तो मैं हँस दूँ
जो वो रोए तो रोऊँ मैं
हैं सारे रिश्ते मेरे ये
उम्र भर इनको सेऊँ मैं

ख़ुश उनकी ख़ुशी में हूँ
उनके दुःख में रोऊँ मैं
जब सबकी फ़िक्र पूरी हो
तभी बस रात सोऊँ मैं
हर इक साँस में ख़ुद की
मैं रिश्तों को निभाती हूँ
हर लम्हा ख़ुद को देती मैं
कभी ख़ुद को मिटाती हूँ
सबकुछ ख़ुद का खो के भी
मैं रिश्तों को बचाती हूँ
ख़ुदा ने प्यार बख़्शा जो
वो दुनिया पे लुटाती हूँ
मैं औरत हूँ
मैं दुनिया की
धड़कन को चलाती हूँ!

जब मजबूर हो इनसाँ
तो आँचल में छुपाती हूँ
गर टूटा हो जज़्बा तो
सीने से लगाती हूँ
हों पूरे ख़्वाब सबके ही
दुआ ये रोज़ करती हूँ
अपनों की ख़ुशी पे तो
मैं ख़ुश हो-हो के मरती हूँ
कभी जज़्बात बोझिल हों
तो सबसे मैं छुपाती हूँ

भरे हों अश्क आँखों में
मैं फिर भी मुस्कराती हूँ
मुझे कमज़ोर कहते पर
मेरे सीने में सोते हैं
गर चोटें हो ज़माने की
तो बच्चों से वो रोते हैं
मैं सबकुछ हँस के सहती हूँ
न बिल्कुल ही जताती हूँ
मुझे दुनिया बनानी है
ये हरदम गुनगुनाती हूँ
मैं औरत हूँ
मैं दुनिया की
धड़कन को चलाती हूँ !!

मैं आई हूँ दुनिया में
इसे बेहतर बनाना है
है पाया इसको जैसा भी
बेहतर छोड़ जाना है
मैं कोशिश रोज़ करती हूँ
हर बच्चे को बताती हूँ
फरिश्ता उसको बनना है
ये कह के सुलाती हूँ
हर दम अपने होंठों पे
दुआओं को बुलाती हूँ
ख़ुदा का शुक्र करती हूँ
मुझे औरत बनाया है

बेहतर दुनिया करने का
सबक मुझको सुनाया है
कुरबानी ख़ुद की करती हूँ
मैं फिर भी खिलखिलाती हूँ
मैं औरत हूँ
मैं दुनिया की
धड़कन को चलाती हूँ !! ❑

नया वर्ष

दे अपार हर्ष ये नया वर्ष
नव शक्ति दे, नव चेतना दे
नव भाव दे, नव भेदना दे
कर श्रेष्ठ कर्म पाएँ उत्कर्ष !

दे अपार हर्ष ये नया वर्ष !

नव ज्योति दे, नव दृष्टि दे
नव श्वास दे, नव सृष्टि दे
स्वभाव सहज की वृष्टि दे
ये त्याग शक्ति पाएँ सहर्ष !

दे अपार हर्ष ये नया वर्ष !

नव प्रेम दे, नव भक्ति दे
नव प्राण दे, नव बुद्धि दे
मानवता दे, नव धर्म दे
दे नवजीवन यूँ ही सहर्ष !

दे अपार हर्ष ये नया वर्ष !!

❑

तारा

उस दिन भी तुम शाम ढले
पकड़ के मेरा हाथ मुझे
ऊपर छत पर लाए थे
दूर गगन की स्याही में
मानो उड़ते जुगनू वो
मुझे तारे कई दिखाए थे
था मालूम तुम्हें उस दिन
ये तारे मुझको भाते हैं
जब देखूँ उनको वो मेरी
आँखों में भर आते हैं !

तभी कहीं वो दूर वहाँ
सहसा एक तारा टूटा था
आसमान से उस क्षण उसका
साथ वो न्यारा छूटा था
तुम बोले थे माँगो कुछ भी
ये टूटा तारा दे जाएगा
चाह तुम्हारी एक बार में
ईश्वर तक ये ले जाएगा
मैं बोली थी तुम माँगो पहले
मैं पीछे-पीछे आती हूँ
पा के तुमको क्या माँगूँ मैं
माँग ना अब कुछ पाती हूँ !

हँसकर बोले थे तब तुम
जीवन के उस पार वहाँ
जहाँ श्वासबोध रुक जाना है
उस दिन तुमको आसमान का

इक तारा बनकर आना है
मैं बोली थी बरबस तुमसे
मैंने भी कुछ माना है
मुझको तो जीवन भर बस
तुम्हें देख-देख मुस्काना है !

अधर तुम्हारे माथे पर मेरे
एक थपकी तब दे आए थे
प्रेम तुम्हारा देकर मुझको
मेरी साँसों को ले आए थे
सर तुम्हारे काँधे पर तब
रखकर अपना सोई थी मैं
सौंप के अपने को तुमको
सपनों में फिर खोई थी मैं !

नींद से जब थी आँख खुली
तुम नहीं मिले थे मुझे वहाँ
पागल सा ढूँढ़ा था तुमको
तब यहाँ-वहाँ और जहाँ-तहाँ
फिर देखा जब आसमान में
वहाँ तुमको मैंने पाया था
उस तारे के हाव-भाव में
दिखा तुम्हारा साया था
चाह तुम्हारी हुई थी पूरी
तुम तारा बनकर आए थे
और रोई थी तब कितना मैं
मेरे आँसू भर-भर आए थे
टूटे तारे का दिन वो फिर से
आँखों में मेरी घूम गया
और तुम्हारी यादों को

फिर से मैंने चूम लिया
फिर लगा कि जैसे बोले तुम
मुझे वादा अपना निभाना है
भरकर आँखों में वो तारा
हर रोज़ मुझे मुस्काना है
उस दिन से मैं आसमान से
तुमको रोज़ बुलाती हूँ
और यादों में भरकर तुमको
हरदम बस मुस्काती हूँ !!

❑

हथेली

पलटकर पूछा था उसने मुझसे
कैसे जानते हो मुझे ?
और कहा था मैंने
पुराने जन्म का किस्सा हूँ
तुम्हारी रूह का ही हिस्सा हूँ
मुस्कराई थी वो
आँखों ही आँखों में
जैसे जानती हो
पहले से मेरा जवाब
दूर कहीं क्षितिज पर
सूरज डूब रहा था
उसने मेरी तरफ देखा
और धीरे से बोली
जानते हो
मुझे चाँदनी पसंद है
मैंने हथेली खोल दी
उसमें चाँद चमक रहा था !

❑

महक

वक़्त की परतों के नीचे
पुरानी किताबों में
पीले कुछ पन्नों में छिपे
सूखे से एक गुलाब सी
तुम्हारी वो यादें
मुझे एक बार फिर से
महकाकर चली गईं !

लगता है
बस कल ही था
वो बीता हुआ पल
जब तुम तुम थीं
मैं मैं था
और संबंध हमारा
एक शाश्वत सत्य सा
हर रोज़ सुबह
जीवन के पुष्प पर
ओस सा बिखरता था
सँभलता था
थिरकता था
पर बिना रुके
प्रेम बन झरने सा
कभी होंठों पे मुस्कराता
तो कभी
आँखों से बहा जाता था !

फिर सत्य जब
शब्दों में ढला
स्वयं का अर्थ
और
संबंध का नाम ढूँढ़ता
तब ही जाना
कि शब्द अकसर ही
कमज़ोर पेड़ों से
जीवन की आँधियों में
या तो
तने से टूट जाते हैं
या फिर
संशय की बाढ़ में
कच्चे मकानों के गाँव से
पानी में बह जाते हैं
पीछे बस छोड़कर
कुछ अस्तित्वहीन सी
बेबस निशानियाँ !

उस दिन भी
वो बादल फटा
और बहा ले गया
वो जीवन श्वास
और तब
न तुम तुम रहीं
न मैं मैं रहा
बस बच गए
कुछ अस्तित्वहीन से पल

पर फिर भी
न जाने क्यूँ
वो पल
आज भी महकते हैं
किताबों के बीच
पीले पन्नों में रखे
सूखे गुलाब की तरह !

❑

वो

अपने दुपट्टे से खेलती
उसके हाथों की पतली उँगलियाँ
रह-रहकर काँप रही थीं
पलकें उठने से पहले ही
गिर-गिर जा रही थीं
मानो जल्दी में हों
आँखों को छुपाने की
मैंने धीरे से पूछा
डर लगता है ?
हाँ, अपने आप से
उसने कहा
और सिर ढँक लिया
फिर मुट्ठी बंद कर ली
वो मुस्करा रही थी
जैसे महफ़ूज़ हो अब
मुझ से
और ख़ुद से भी !

❑

मेरी किताब के पन्ने

मैंने वक़्त की किताब से
कुछ सफे चुराकर
जेब में रख छोड़े हैं
और जब चाहे
मैं उन्हें पढ़ लेता हूँ
हरेक पन्ना अलग सा है
अलग से वक़्त का
कोई बचपन का है
तो कोई जवानी का
कोई उम्र के झरने से
बहते हुए पानी का
कोई मेरे गिरने का है
तो कोई सँभलने का
कोई जवानी के आने का है
तो कोई बचपन के ढलने का
कोई जीत पे हँसने का है
तो कोई हार पे रोने का
कोई अपना बनाने का है
तो कोई किसी के होने का
कोई सपने बुनने का है
तो कोई कहीं टूटने का
कोई ख़ुद से उलझने का है
तो कोई ख़ुद से ही रूठने का
कोई ज़िंदगी लुटाने का है
तो कोई ज़िंदगी लूटने का
कोई माँ को छोड़ जाने का है

तो कोई बेटी को घर लाने का
कोई बाप से रूठने का है
तो कोई बहन को मनाने का
कोई बेटे का घोड़ा बनने का है
तो कोई उसे शहर छोड़ आने का
कोई भाई से दोस्ती का है
तो कोई दोस्तों से मस्ती का
कोई आसमाँ से निकली
मेरे दिल की कश्ती का
कोई लड़कपन के बहकने का है
तो कोई जवानी की भूल सा
कोई टूटे लफ़्ज़ के आँसू सा है
तो कोई ताने के शूल सा
कोई दिलरुबा के जूड़े में
सजाए हुए फूल सा है
कोई सड़कों पे फाँकी हुई
इरादों की धूल सा है
कोई मीत के होंठों से
निकला हुआ संगीत है
कोई गरमी की सुबह
मल्लाह से सुना गीत है
कोई प्यार में निभाने की
दिल की वो क़सम है
कोई साँस भर लेने की
हर रोज़ की वो रस्म है
हरेक पन्ने पे लिखी
मेरी एक कहानी है
धड़कन आशिक़ी की

और सोच कुछ रूहानी है
इस जेब का हरेक पन्ना मैने
कई-कई बार जिया है
और गुज़रे हुए लम्हों को मैंने
यादों का नाम दिया है !

❑

फिर भी...

मेरी नज़रों का धोखा है
मुझे फिर भी गुज़रने दो
तुम्हारी बात सोची है
मुझे फिर से सँवरने दो !

तुम्हें क्या याद है वो दिन
तुम्हें जब हमने देखा था
नज़र का फासला था पर
तुम्हें दिल में समेटा था
गुज़रे हों साल कितने भी
मुझे फिर भी ठहरने दो !

मेरी नज़रों का धोखा है
मुझे फिर भी गुज़रने दो !

हमारी ज़िंदगी क्या है
तुम्हारे बिन ये जाना है
तुम्हें हम याद करते हैं
तुम्हें अपना जो माना है
जमाने की निगाहों में
मुझे फिर भी मुकरने दो !

मेरी नज़रों का धोखा है
मुझे फिर भी गुज़रने दो !

❑

एक दिल ही है

दिल को सँभालिए हुज़ूर
एक दिल ही है
जो हरदम साथ निभाएगा !

जब वक़्त
हाथों से निकल जाएगा
उम्र की दहलीज़ पार कर
जिस्म बूढ़ा हो जाएगा
आईना भी हर सुबह
कुछ बेवजह सा कतराएगा
हर रिश्ता आपका
पराया सा हो जाएगा
तब ये दिल ही तो है
जो बच्चा सा
फिर भी मचल जाएगा
हर शाम
फिर से आपको
बचपन में ले जाएगा
हँसाएगा-गुदगुदाएगा
और कभी-कभी
बेवजह
आँखों से बहा जाएगा
कभी माँ के नर्म हाथों सा
आपको सहलाएगा
कभी बाप की डाँटों का मतलब
आपको बतलाएगा

कभी जवानी की
कच्ची धूप सा
वो पहला प्यार याद दिलाएगा
तो कभी दोस्ती के पलों कों
फिर से जिलाएगा
वो किस्से वो कहानियाँ
बिन रोक-ठोक सुनाएगा
ज़िंदगी की
ऊँचाइयों और गहराइयों में
आपको झुलाएगा
खूबसूरती आपकी
आपको दिखाएगा
कमज़ोरियों को आपकी
चुपके से छिपाएगा
पुरानी उन तक़रीरों में
अपनों की तसवीरों में
फिर से रंग भर जाएगा
आपके बच्चों के बचपन को भी
आपके कानों में गुनगुनाएगा
और फिर कभी
गए वक़्त को सपना समझ
आपको समझाएगा
पलकों ही पलकों में
मुस्कराएगा
इठलाएगा
इतराएगा
कुछ भी करेगा
पर आपसे दूर नहीं जाएगा

ये ही तो है
जो आपको
आपके होने का
वो अहसास दिलाएगा
जो आपको हर दिन
आपसे ज़रूर मिलाएगा
दिल को सँभालिए हुज़ूर
एक दिल ही है
जो हरदम साथ निभाएगा !!

❑

ख़याल

जिसे बेदिल पड़े गाना, वो गीत ना होगा,
जिसे दर्द पड़े दिखाना, वो मीत ना होगा !

जिसे सूखा पड़े बिताना, वो सावन ना होगा,
जिसे सबसे पड़े छिपाना, वो पावन ना होगा !

जिसे याद पड़े दिलाना, वो इबादत ना होगी,
जिसे सबको पड़े बताना, वो इनायत ना होगी !

जिसे आसान पड़े भुलाना, वो इल्ज़ाम ना होगा,
जिसे रोज़ पड़े बहलाना, वो इत्मीनान ना होगा !

जिसे ज़ोर सा पड़े निभाना, वो बंदगी ना होगी,
जिसे बोझ सा लगे उठाना, वो ज़िंदगी ना होगी !!

❑

हम सब की ज़िंदगी

आसमानों सी ख़्वाहिशें
और बादलों से ख़्वाब
सवेरे सा दुलार
और दोपहर सी झिड़क
बारिशों सी उम्मीदें
और भूकंप से हादसे
इंद्रधनुष से सपने
और पत्थरों सी हक़ीक़त
ढलती शाम सी जल्दी
और जाड़ों की धूप सा इत्मीनान
अमावस सा दर्द
और दीवाली सा जश्न
हवाओं सी ज़रूरतें
और आँधियों सी मजबूरियाँ
सूरज सा यक़ीन
और रात सी कमज़ोरियाँ
चाँदनी सा प्यार
और काँटों से धोखे
झरनों सी दोस्ती
और सूखे सी नफ़रत
गुलाब सी हँसी
और बिजली सी नाराज़गी
लू सी बेरूखी
और छुईमुई सी शर्माहट
ख़ुशबू सी यादें

और ओस सी झिझक
रोशनी से वादे
और कोहरे सी जफ़ा
फूल सी मुस्कराहट
और नागफनी सा गुस्सा
भीगी रेत सी मासूमियत
और चट्टानों से इरादे
गरम साँसों सा ख़ुमार
और आँसुओं सी नज़दीकियाँ
सावन सी ख़ुशी
और बर्फ सी ग़मगीनियाँ
लहरों सा बचपन
और किनारों सा बुढ़ापा
शायद इन्हीं का नाम है
हम सब की ज़िंदगी !

सीख

न बादल नीचे आते हैं
न बारिश रोज़ होती है
न सावन सबको मिलता है
न चंदा रोज़ खिलता है
न पत्थर ही पिघलता है
न सूखा रोज़ ढलता है
न धड़कन साफ कहती है
न ख़ुशबू रोज़ बहती है
मगर फिर भी
ज़िंदगी के लम्हे
हमेशा चलते हैं
साथ हमारे ही
कभी हाथ थामे
तो कभी अनछुए
कभी हमसे बोलते
तो कभी चुपचाप
क्योंकि जानते हैं वो
गहरी रातों की सुबह
सूरज सी जगमगाती है
ओस की हर बूँद को
एक किरन चमकाती है
हर एक दीये की लौ को
एक हवा ही जलाती है
बस यही हमें भी जानना है
और दिल में अपने ठानना है
बोझिल हो डगर चाहे

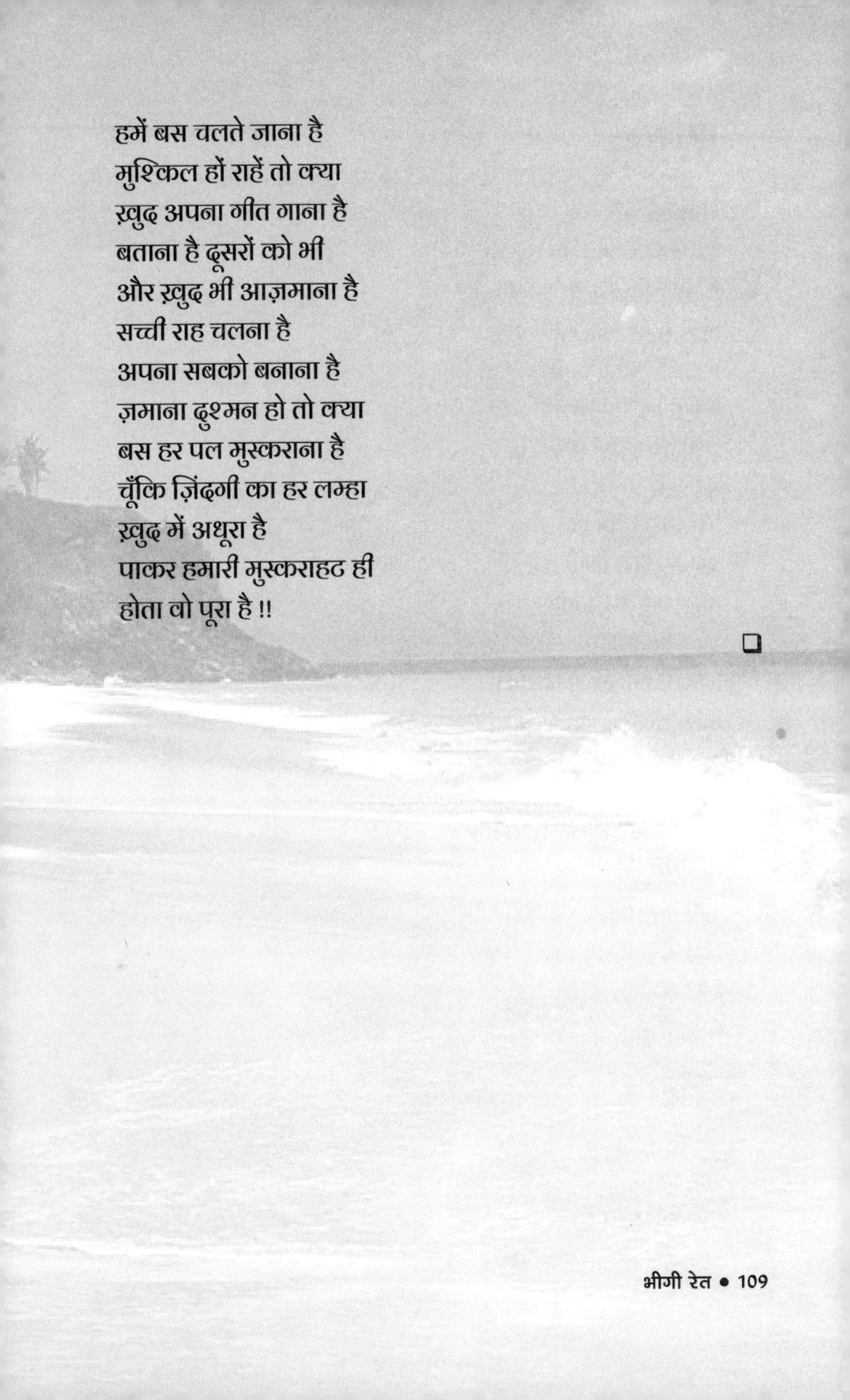

हमें बस चलते जाना है
मुश्किल हों राहें तो क्या
ख़ुद अपना गीत गाना है
बताना है दूसरों को भी
और ख़ुद भी आज़माना है
सच्ची राह चलना है
अपना सबको बनाना है
ज़माना दुश्मन हो तो क्या
बस हर पल मुस्कराना है
चूँकि ज़िंदगी का हर लम्हा
ख़ुद में अधूरा है
पाकर हमारी मुस्कराहट ही
होता वो पूरा है !!

तलाश

मैं आज भी
उन आँखों की तलाश में हूँ
जिनकी आस ने
मुझको तराशा था !

बरसों निकल गए हैं
वक़्त से आगे कहीं
पर मैं हूँ
कि वक़्त की गर्द में
दबे हुए उस लम्हे को
आज भी ढूँढ़ रहा हूँ
जो उस दिन
उसकी आँखों से निकल
आँसू बनकर बह गया था !

सुना था
उसके गरम होंठों को छूकर
वो आँसू
भाप बनकर
हवा में उड़ा था
और जा मिला था
बादलों में !

उस दिन से
हमेशा
जब कभी
बादल बरसते हैं

तो मैं
बारिश में भीगता हूँ
और गिरती बूँदों को
हथेलियों में समेटता हूँ
और ढूँढ़ता हूँ
उस आँसू को
जो उस दिन
बादलों में जा मिला था
पर
पहचान नहीं पाता हूँ
किसी भी बूँद में
उस आँसू का अस्तित्व !

मैं जानता हूँ
कि
गया वक़्त नहीं लौटता
फिर भी
न जाने क्यूँ
ढूँढ़ता हूँ
हर बारिश में
वो खोया लम्हा
जो बह गया था
उसकी आँखों से
लिये मेरा अहसास
और
उन आँखों की आस !!

❑

यादें...

यादों का समंदर
एक कहानी सा है
कभी ख़ामोश है
तो कभी तूफ़ानी सा है
कहीं चले हैं
वक़्त के सीने में खंजर
और कभी लम्हा कोई
बहुत रूमानी सा है
कभी आँखों में थे
चकाचौंध के मेले
तो कहीं मेरा वक़्त
बड़ा रूहानी सा है
कभी समेटे हैं
पलकों में आँसू
तो कहीं उनमें छुपा
चेहरा एक नूरानी सा है
ज़िंदगी भर ढूँढ़ा है
ज़िंदगी को मैंने
बह गया जिसका हर लम्हा
नदिया के पानी सा है !!

❑

मेरे मरने के बाद

मेरे मरने के बाद
जब तक...
जब तक तुम मुझे जलाओगे
या फिर तुम मुझे दफनाओगे
मेरी राख को गंगा में बहाओगे
या फिर पहाड़ों में बिखराओगे
तब तक...
तब तक वक़्त की बेड़ियाँ तोड़
मैं बहुत दूर जा चुका होऊँगा
घुल चुका होऊँगा मैं आसमान में
चमकते हुए तारों के खानदान में
फिर ना रहूँगा मैं उम्र के मकानों में
और ना दिखूँगा रस्मों के मैदानों में
पर यक़ीनन...
पर यक़ीनन कुछ दिलों में मेरे जज़्बात होंगे
होंठों पे उनके अकसर मेरे भी अल्फाज़ होंगे
उन्हीं लम्हों में छिपी मेरी मुस्कान होगी
वो ही मेरी ज़िंदगी की पहचान होगी !

❑

मंज़र

मेरे जाने पे ना आँसू बहाना तुम
याद आए मेरी तो मुस्कराना तुम
गर मोहब्बत मेरे ख़्वाबों से रहे फिर भी
तो बस हर रोज़ ही हँसना-हँसाना तुम !

किताबों में मिलें शायद
बहुत से फूल सूखे भी
बहुत मुमकिन मिले शायद
ग़ज़ल में लफ़्ज़ रूखे भी
किया था सब ये मैंने जब
दिल शायद ये टूटा था
लगता था हरेक पल तब
कि जैसे रब ही रूठा था
फिर अचानक इक सुबह
मैंने ऐसा फूल देखा था
हँसता था जो काँटों में
वो मंज़र ही अनोखा था
तब से मैं भी हर दिन ही
बस हर पल मुस्कराता हूँ
हो मेरा वक़्त कैसा भी
मैं हरदम खिलखिलाता हूँ
क्यूँ कर रहना चाहूँ याद
मैं तो हवा का झोंका हूँ
जीवन के अँधेरों में
मैं इक रोशन झरोखा हूँ
पर हूँ जो भी हूँ इक पल का

मुझे हर पल पता है अब
हर पल ही अनिश्चित है
जीवन श्वास लता है अब
अब जीना मुझको हर पल है
कभी एक पल ना खोना है
सबको अपना बनाना है
मुझे अब सबका होना है
मैं बस महसूस यही करके
हर सुबह को अपनाता हूँ
और दिन भर मिलने वालों से
मैं बस हँसता-हँसाता हूँ !!

❑

सर्दियों की बारिश

सर्दियों की सुबह
जब बारिश की बूँदें
कोहरे को चीरती
मिट्टी पर गिरती हैं
तो अंदर कहीं
भिगो जाती है
मेरी रूह को भी
और वो सारे पल
जो वक़्त की गर्त में
कहीं दब से गए थे
आँखों में तैरते हैं
पानी में सूखे फूलों की तरह
जिनमें ख़ुशबू है भीनी-भीनी
और हक़ीक़त है
उन सपनों की
जो अधखुली आँखों में
सूख गए थे
मेरे ख़ुद के इंतज़ार में !

❑

तेरे बिन

तेरे काजल की लकीरों में बसा हूँ मैं
लेकिन जब कभी
तेरी आँखों से
मेरी यादें छलक जाती हैं
तो वो मुझे
अपनी आग़ोश में लिये
तेरे गालों से
ढलक जाती हैं
और छूती हैं
तेरे होंठों को
वो खारा स्वाद लिये
जो मैं महसूस करता हूँ
अपने होंठों पे
तेरे बिन !

सोचता हूँ

वक़्त बीता मैं भी बीता
न पता मुझको चला
गुज़र गया जो हिस्सा मेरा
ना कभी वो फिर मिला
कौन है जो है नहीं
और कौन है जो बच गया
कौन है ज़िंदा यहाँ पर
और कौन है जो मर गया
सोचता हूँ बात मैं ये
रोज़ ही अकसर यहाँ
क्या मैं हूँ अब भी वही
जो दिखा उस दिन वहाँ
सोच के जाना हूँ कितना
ये भी कह सकता नहीं
क्या मिला है, क्या बचा है
ये भी कह सकता नहीं
मैं नया हूँ रोज़ ही अब
पर पास हैं परछाइयाँ
साथ की यादें बहुत हैं
पर अज़ीज़ हैं तनहाइयाँ
जो भी है ये हाले सूरत
है बड़ी ये ख़ूबसूरत
बात उसकी क्यूँ करूँ मैं
जो नहीं थी मेरी मूरत
खोया-पाया जो भी मैंने

सब बसा है आज में
आज ही सच्चा है मेरा
जीना है मुझको आज में
दिल मिला धड़कन मिली
अब और कितना चाहिए
ज़िंदगी भर मुझको तो अब
सिर्फ मुसकराना चाहिए !

❑

हसरतें

ज़िंदा है आदमी
क्योंकि ज़िंदा हैं हसरतें!

ना मरती हैं, ना चुकती हैं
हमेशा कुछ बहकती हैं
ना दिखती हैं, ना सुनती हैं
हमेशा कुछ ये कहती हैं

ना रुकती हैं न थकती हैं
हमेशा बस सँवरती हैं
ना थकती हैं, ना सोती हैं
हमेशा कुछ फड़कती है

कभी ख़ामोश पलकों में
कभी दिल में उतरती हैं
कभी आँसू की सूरत में
आँखों से छलकती हैं

कभी थिरकन ये होंठों की
बन करके निकलती हैं
कभी सिकुड़न हैं माथे की
बनकर फिर सँभलती है

कभी मायूस रातों के
ख़्वाबों में ये ढलती हैं
कभी ख़्वाबों से बाहर हो
हमारे साथ चलती हैं

जो हिम्मत हार जाती हैं
तो सब पर गुज़रती हैं
तड़पती साँस को ये फिर
सचमुच में निगलती है

ये अद्भुत बात है लेकिन
फिर से वो खनकती है
भुलाकर भूत की बातें
नए सपनों में खिलती है

हसरत के हैं सब आशिक़
पर फिर क्यूँ भुलाते हैं
गर भूले जो हसरत को
तो इंसा मर ही जाते हैं !

ज़िंदा है आदमी
क्योंकि ज़िंदा हैं हसरतें !!

❑

अधूरी बात

उस रात
प्यार की हद से परे
सपनों की तनहाई से
तुमने ही
मुझे जगाया था
उस काली, अँधेरी
तूफ़ानी रात में भी
तुमने ही
प्यार का दीप जलाया था
और सचमुच
एक किरण जागी थी
प्यार की
और फिर
मैंने चाहा था
कुछ कहना तुमसे !
मगर अचानक
तभी
एक सितारा टूटा
और
मैं रुक गया
फिर
टूटते सितारों से
आसमान भर गया
और मैं चुप रहा
फिर
टूटते सितारों की रात

तब्दील हो गई
एक सुबह में
लेकिन
मैं कुछ ना कह सका !

मेरी बात रह गई
एक अनकही -अनसुनी बात !
काश, पूरी ना होती
वो काली, स्याह, अँधेरी, अधूरी रात !!

❑

उम्मीद

उन बीते लम्हों को मैं बचाता हूँ
सीने से उनको मैं लगाता हूँ
डूबता-उतराता हूँ बस उनमें ही
जीने की उम्मीद में जिया जाता हूँ !

ये उम्मीद ही है कि मरती नहीं
ज़िंदगी की लहर कभी ठहरती नहीं
कैसे गिनूँ इन लहरों को मैं पास से
मैं तो ख़ुद ही उनमें बहता जाता हूँ !

बहती है ज़िंदगी या बहता हूँ मैं
उठती हैं ये लहरें या उठता हूँ मैं
मैं उम्मीद से हूँ या उम्मीद मुझसे
बस इसी सोच में डूबता-उतराता हूँ !

क्यों चाहूँ पाना ख़ुद को ज़िंदगी से
या पाना चाहता हूँ उसको बंदगी से
मेरा ख़ुद का वजूद है या मैं हूँ उससे
इसके जवाब से हमेशा कतराता हूँ !

सब सोचता हूँ मैं और सब जानता हूँ
जीवन की डोर मैं ख़ुद ही बाँधता हूँ
कभी मैं खींचता हूँ ज़िंदगी की डोर
कभी ज़िंदगी की ओर खिंचा जाता हूँ !

❑

मुसाफ़िर

मुसाफ़िर मैं अदना सा और रास्ते कई हैं
हर रास्ते से लिपटे यहाँ वास्ते कई हैं
चलूँ अब किधर मैं मुश्किल है ये समझना
पर इनसान को हमेशा ख़ुद के ही साथ चलना
खो जाऊँ अब अगर क्यूँ मैं डरता हूँ
बस अपने ही वास्ते क्यूँ मैं मरता हूँ
है रात बहुत बीती ये जवाब मुझे चाहिए
ख़ुद के लिए चलूँ या सवाब मुझे चाहिए
मुश्किल है ये बात और आसां भी यही है
है सबको जो चलाता वो तो यहीं कहीं है
फिर सोच में क्यूँ डूबा लूँ रास्ता पुराना
चल चुके जो इस रस्ते बोलें है ये बड़ा सुहाना
ठाना अब ये मैंने करना मुझे यही है
सब रास्ते हैं मेरे डरना मुझे नहीं है
चलना है अब मुझे बस एक ख़ुदा के वास्ते
कहते हैं ग़ुल खिलेंगे फिर मेरे हरेक रास्ते !!

❑

एक सूना अहसास

आँसुओं में घुले हुए
वो गीले ख़्वाब
आँखों में आते ही
गुम हो जाते हैं
सुबह की ओस की तरह !

वो ओस
जो आसमान को चीरकर
चाँदनी में नहाकर
बरबस भागती हुई
एक पागल सी
धरती की तरफ़ आती है
पर जा गिरती है
कभी दरख़्तों पे
तो कभी सूखी छत पे
कभी घास पे
तो कभी पंखुड़ियों पे
कभी कूड़े के ढेर पे
तो कभी रेगिस्तानों की रेत पे
कभी अधचुके मकानों पे
तो कभी नाउम्मीद क़ब्रिस्तानों पे
और फिर
यूँ ही सूख जाती है
कभी
सूरज की पहली किरन से
तो कभी

लोगों के पैरों तले
या फिर
गाड़ियों के पहियों के नीचे
दबकर गुम हो जाती है
बिना धरती को अहसास दिए
अपनी प्यास का
और
उस सूने अहसास का
जो आँसुओं में घुले
ख़्वाबों की तरह
आँखों में ही
गुम हो जाते हैं
एक अधूरी बात लिये
और छोड़ जाते हैं
उन अधखुली आँखों में
एक अधबुझी आस
और
एक सूना अहसास !

❑

चेतना

मैं मृत हूँ या मैं जीवित हूँ
इस बात का कैसे ज्ञान करूँ ?
जब तक ना हो जाए ये निश्चित
मैं क्यूँ जीवन पर अभिमान करूँ ?

मृत की परिभाषा क्या है
जीवन की अभिलाषा क्या है ?
संवादों के इस घेरे में
मैं क्यूँ प्रश्नों से अनुमान करूँ ?

जीव की व्याख्या चेतन है
मृत का संयोग अचेतन है
जीव चेतना के दर्शन का
मैं क्यूँ ना वृहद् सम्मान करूँ ?

क्या पूर्ण चेतना है मुझमें
या मैं अर्धचेतना वासी हूँ
जब तक ना जानूँ अंतर इसका
मैं क्यूँ संशय से मरिमाण करूँ ?

यदि तन मेरा बस चेतन है
पर मन में भरा अचेतन है
तो क्यूँ कहता मैं चेतन स्वयं को
मैं क्यूँ ना सत्य का मान करूँ ?

सारी विधा करता मैं तन पर,
है रिक्त चेतना रहती मन पर
अचेतन मन के तन का स्वामी
मैं क्यूँ जीवित होने का गान करूँ ?

मैं अर्ध मृत या अर्ध जीवित
या चेतना का मैं त्रिशंकु हूँ
यदि तन-मन का ना दीप जले
मैं क्यूँ प्राणों का आह्वान करूँ ?

अब निद्रा से मुझको जगना है
अनिद्रा में चेतन भरना है
अपने तन-मन दोनों ही में
मैं क्यूँ ना नवचेतना निर्माण करूँ ?

जब तन-मन हो मेरा चेतन
और मैं पूर्ण चेतना का स्वामी
तब फिर पूर्ण चैतन्य होकर ही
मैं क्यूँ ना जीवन से अवसान करूँ ?

❑

नई दुनिया

हसरतों से भरी आँखें सबकी
ख़्वाहिशों से भरे प्याले हैं
तनहाइयों से लिपटी रूहें
पर नाचते मतवाले हैं
सँवरने के ढंग हैं कितने
पर दिल बहुतों के काले हैं
बेनियत अपनी भरने को
छीने ग़रीबों के निवाले हैं
चैन ना मिलता कहीं भी
दौड़ते पैरों में पड़े छाले हैं
ज़रूरतों को अपनी-अपनी
सभी सरों पर सँभाले हैं
कहने को बहुत यारी है
और वादों के रिसाले हैं
पर पीठ पीछे दोस्तों के
बस छुरी को निकाले हैं
क्या हो गया है ज़माने को
क्यूँ ख़ाली प्यार के हाले हैं
सामान से घर भरते हैं सब
पर रिश्तों को तरसते घरवाले हैं !

❑

धड़कन

मुझको बता दे ऐ मेरी धड़कन
मुझको कहाँ तू अब ले चली है,
चला हूँ हमेशा तेरा हाथ थामे
यह जान के भी कि तू मनचली है !

रगों में लहू मेरी तूने चलाया
तू ही जान बनके मुझमें ढली है,
तू धड़के है तो मैं रहूँ बन के ज़िंदा
तेरे दम से ही मेरी दुनिया चली है !

रुक तू ना जाए देख सूरत किसी की
दिल में मेरे ये बड़ी खलबली है,
अल्हड़ सी है कुछ चंचल भी है तू
पर लगती मुझे तू फिर भी भली है !

नई कुछ हवा है नया सा है रस्ता
ख़ुशबू किसी की हवा में मिली है,
वो है कौन मुझको कुछ तो बता दे
लगती ये मुझको दिल की गली है !

दिलकश समाँ है खुला आसमाँ है
चाँदनी मेरी आँखों में कैसी खिली है
अब तू धड़क ले ज़िंदादिली से
ख़ुशी प्यार की आज मुझको मिली है !

❑

मेरे मौला

मेरे मौला तू सबकी दुआओं का सिला दे दे,
सारी दुनिया को दोस्ती का इक सिलसिला दे दे !

हारे ना कोई बाज़ी ज़िंदगी के खेल में,
सब जीतें दोस्ती में यहाँ तू फैसला दे दे !

इनसानियत का मज़हब होता है सबसे ऊँचा,
मज़हब के पहरेदारों को तू इत्तिला दे दे !

ऊँचा रहेगा परचम सच का जहान में,
जहाँ सच्चे हों सबसे आगे वो क़ाफ़िला दे दे !

जीतेंगे वो यहाँ पर नेकी की राह चलकर,
बंदों को सारे अपने तू हौसला दे दे !

❑

उनसे कह दो

उनसे कह दो कि वो सपनों में यूँ ना आया करें,
जो कभी आएँ तो फिर सुबह तक ना जाया करें !

जो कभी उनके खयालों में हूँ मैं डूबा अगर,
तो कभी भूल से मुझको वो ना जगाया करें !

मेरी आँखों में ही दिख जाती है सूरत उनकी,
तो वो आईने को ख़ुद को यूँ ना दिखाया करें !

दिल मेरा प्यासा हो और ख़ुशबू हो हवाओं में,
तो वो होंठों से यूँ होंठों को ना हटाया करें !

जब सिमट जाते हैं बाँहों में मेरी मेरे हुज़ूर,
तो वो चेहरे को यूँ ज़ुल्फ़ों से ना छुपाया करें !

❑

क़रीब

गुज़र जाए तू क़रीब से, मुलाक़ात से ये कम नहीं
हवा से छू लिया तुझे, ये बात भी कोई कम नहीं !

तुझे ख़्वाब में ही मिल लिये, चाहे तू हमदम नहीं
कहीं तो पा लिया तुझे, ये बात भी कोई कम नहीं !

जहाँ में ना मिली ख़ुशी, फिर भी ये आँख नम नहीं
तुझे मिली है हर ख़ुशी, ये बात भी कोई कम नहीं !

तुझे याद क्यूँ ना आ सके, इससे ख़फ़ा भी हम नहीं
भूले ना तुझको हम कभी, ये बात भी कोई कम नहीं !

तू ना मिला तो ना सही, इस बात का भी ग़म नहीं
सूरत तेरी मेरे दिल में है, ये बात भी कोई कम नहीं !

❑

इजाज़त

अगर मुझको इजाज़त हो तो मैं पहलू में सो जाऊँ,
तुम्हारी ज़ुल्फ़ के साए में पल भर मैं भी खो जाऊँ !

ख़ुशबू तेरी साँसों की हवाओं से भी आती है,
ख़ता मेरी बता क्या है दीवाना गर मैं हो जाऊँ !

पैमाने नशे के हैं तेरी आँखों के समंदर में,
नशीला है तेरा चेहरा मैं क्यूँ मैखाने को जाऊँ !

ख़ुदा मुझको बनाया है अपने प्यार का तूने,
ईबादत तेरी पूरी हो तो मैं भी तेरा हो जाऊँ !

कभी ना हों जुदा अब तो यही बस एक हसरत है,
रहे खोई सदा मुझमें तू और मैं तुझमें खो जाऊँ !

❑

फ़ना

मुझमें ख़ुद फ़ना हो के मुझे अपना बनाया है,
मुझे लगता है कुछ ऐसा वो मेरा ही साया है !

ना कोई अर्ज़ है उसकी ना कोई शिकायत है,
सच्चे प्यार का मतलब मुझे उसने बताया है !

फलक के चाँद सी सूरत बादल से बहें गेसू,
आकर ख़्वाब में उसने मुझे अकसर जगाया है !

बसाकर मुझको आँखों में पलकों से इबादत की,
नज़र ना मुझको लग जाए सीने में छुपाया है !

साँसों में मुझे रख के मेरी धड़कन को जीती है,
बना के ख़ुद ख़ुदा मुझको ख़ुद को ही लुटाया है !

❑

मेरी पहचान

ज़िंदगी को अपनी तरह जीने का गुमान है,
शायद यही और सिर्फ यही मेरी पहचान है !

यूँ तो जी सकता हूँ मैं भी लोगों की तरह,
पर उन्हें मर-मर के जीते देख मन हैरान है !

कैसे कह दूँ कि मुझे जिस्म की परवाह नहीं है,
जब मैं जानता हूँ दिल मेरा इसका मेहमान है !

क्यूँ गुज़रे वक़्त को आगे से जोड़ते हैं हम,
सदियों का यहाँ बिखरा हर पल में सामान है !

क्यूँ गुरूर होता है उन्हें अपने ऊँचे मुकाम पर,
पतंग की ऊँचाई तो हवा की मेहरबान है !

फर्क दिल और जान का जो कर सके यहाँ,
वो ही बस पत्थर नहीं एक इनसान है !

ज़िंदगी को अपनी तरह जीने का गुमान है,
शायद यही और सिर्फ यही मेरी पहचान है !

❑

मैं फिर भी मुसकराता हूँ

किसी को याद करता हूँ किसी को याद आता हूँ,
हों सीने में हज़ारों ग़म मैं फिर भी मुसकराता हूँ!

किसी को हो शिकायत या फिर तारीफ़ हो मेरी,
गले सबको लगाता हूँ मैं बस हँसता-हँसाता हूँ!

बचपन था वो सोने का जवानी भी नहीं कम थी,
हर पल जो ख़ुशी का था मैं पलकों पर सजाता हूँ!

दुआ सबके दिलों की है जो हरदम ही मैं जीता हूँ,
मैं शुकराना करूँ सबका मैं अपना सर झुकाता हूँ!

न दिल में है कोई अफ़सोस ना कोई शिकायत है,
ग़म कल का ना कल का डर मैं हर पल खिलखिलाता हूँ!

❑

दिल मेरा करता है

दिल मेरा करता है कभी तुझको मैं सजाऊँ,
कभी बिंदिया तेरा काजल कभी हो जाऊँ!

कभी चूड़ी की खनक मैं तेरी बन जाऊँ,
तो कभी लाली बन तेरे होंठों का हो जाऊँ!

बन के पायल तुझे छम-छम मैं रिझाऊँ,
तो कभी बन सिंदूर तेरी माँग में खो जाऊँ!

कभी मेहँदी की तरह तुझसे मैं लिपट जाऊँ,
तो कभी हार बन तेरे सीने में सो जाऊँ!

कानों की बाली सा तेरी रुनझुन मैं गाऊँ,
तो कभी नथिनी बन तेरी साँसों का हो जाऊँ!

❑

मक़सद

मज़हबों का चलो आज से कारोबार घटाया जाए,
इनसानियत को ज़िंदगी का मक़सद बनाया जाए

भगवान् और ख़ुदा में मिटाया ना फर्क हमने,
इनसानों के दरम्याँ ही अब फर्क़ मिटाया जाए !

घंटियों और अज़ानों से ना बेहतर हुई हैं नस्लें,
अच्छाई की दुआ में अब सर झुकाया जाए !

मज़हब के अगवाइयों ने मिटाए हैं नूर कितने,
अब तो दिया अमन का हर घर जलाया जाए !

है आँखों में ख़ौफ़ कब से मासूमियत के बदले,
बचपन के होंठों पे फिर हँसी को सजाया जाए !

बंजर से बन गए हैं इन काँटों से ज़हन सभी के
मुहब्बत का हल चला के फिर गुल खिलाया जाए !

❑

इम्तिहान

कहते हैं उनको इश्क़ का इम्तिहान चाहिए,
दिल दे चुके हम उनको मगर जान चाहिए !

खोया वजूद ख़ुद का मैंने इश्क़ में मगर,
वापस उन्हें फिर से मेरी पहचान चाहिए !

वो बाँह मेरी थाम के चल तो पड़ें मगर,
हर गली उन्हें शहर की सूनसान चाहिए !

रहने को वो आगोश में राज़ी हैं अब मेरी,
पर होंठों पे ना सुबह को निशान चाहिए !

ख़्वाहिश है साथ उनका हो तारों की छाँव में,
पर उनको कोई चाँद सा अरमान चाहिए !

पूछा जो मैंने चाहिए कैसा उन्हें सनम,
वो बोले बस ख़ुदा सा इक इनसान चाहिए !

❑

एक बार फिर से

मैं एक बार फिर से मोहब्बत का फसाना चाहता हूँ,
वो फिर से रूठे मैं उन्हें फिर से मनाना चाहता हूँ !

कहते हैं वो नींद ही आती नहीं अब रात को,
फिर से उनको बाँहों में अपनी सुलाना चाहता हूँ !

डर है उनके हुस्न को लग जाए ना कोई नज़र,
फिर भी मैं तारीफ़ उनकी शायराना चाहता हूँ !

ख़्वाब में आते नहीं वो दिन मेरे बचपन के अब,
फिर से मैं उनको मगर अब दोहराना चाहता हूँ !

मैं रोते-रोते आया हूँ दुनिया में कहते सब मुझे,
फिर भी मैं मरने से पहले मुस्कराना चाहता हूँ !

❑

फ़लसफ़ा

इश्क़ है तो इश्क़ का इज़हार होना चाहिए,
बिन कहे समझे ऐसा दिलदार होना चाहिए !

हुस्न है तो क्यूँ छिपाना बादलों के बीच में,
चौदहवीं के चाँद सा दीदार होना चाहिए !

सोचना जब गैर कोई तुमसे माँगे कुछ अगर,
दोस्त पे तो लुटने को तैयार होना चाहिए !

माँ ने पाला है सभी को अपने सीने से लगा,
क़दमों में उसके अपना संसार होना चाहिए !

रिश्ते तो बस पेड़ हैं जो दिल में उगते हैं यहाँ,
सींचे उनको पानी सा वो प्यार होना चाहिए !

❑

कोंपल

मैं उसे और वो मुझे समझाने लगा है,
ये मेरा दिल अब मुस्कराने लगा है !

दरवाज़ा जो ना खोला था बरसों मैंने,
ख़ुद-ब-ख़ुद आज वो चरमराने लगा है !

कभी देखा नहीं जिसने आँखों में मेरी,
वो आईना भी मुझ पे रिझाने लगा है !

डूबी ख़्वाबों में आँखें और भारी हैं पलकें,
इंतज़ार भी तेरा अब गुनगुनाने लगा है !

पड़ गई हैं दरारें तनहाई के पत्थरों में,
कोंपल प्यार का अब नज़र आने लगा है !

❑

कुछ तो बात होगी

कुछ तो बात होगी मेरे मयखाने में,
यूँ ही छलका नहीं हर जाम यहाँ पैमाने में !

मैं तो तनहा भी हर पल मुस्कराता हूँ,
रिश्तों की भीड़ में भी रोते हैं लोग ज़माने में !

खिलाया है कमल मैंने यूँ कीचड़ में यहाँ,
चाहे सूखे हों फूल कितने मौसम सुहाने में !

लुटा के ख़ुद को भी दुनिया से वो चुपचाप गए
मगर मसरूफ़ रहे कुछ अहसान को जताने में !

जीत जाएँगे दोनों हम चलेंगे साथ अगर,
चल क्या रखा है एक दूजे को हराने में !

❑

ग़ुर्बत

सियासी ग़ुर्बत के अब दिन ही ऐसे आए हैं,
चाहे गर्त में हो मुल्क मगर रहनुमा मुस्कराए हैं !

हमसे कहें हैं जाँ कुरबान करो वतन के लिए तुम,
ख़ुद की हिफाज़त में मगर फ़ौज को सजाए हैं !

नसीहत हमें कि निभाओ फ़र्ज़ की ज़िम्मेदारियाँ,
पर ख़ुद के वादों को महज़ जुमले ही बताए हैं !

हज़ारों करोड़ लुटाते हैं चुनावों में इस वतन के,
क़र्ज़ में चंद रूपयों के मगर किसान मरे जाए हैं !

महफूज़ रहेंगी कैसे बहू-बेटियाँ अब इस शहर में,
बैठे आदमी की शक्ल में जहाँ भेड़ियों के साए हैं !

❑

हर सहर

हर सहर ख़्वाबों में मेरे यूँ ही आता है कोई,
भर के बाँहों में मुझे रोज़ जगाता है कोई !

जो गुज़रे है हवा के झोंके सा मेरे दिल से,
पकड़ के हाथ मेरा आज बुलाता है कोई !

हुआ अरसा छुआ था उसने मेरे होंठों को,
ख़ुशबू साँसों की मुझे याद दिलाता है कोई !

थककर मर जाती हूँ जो मुश्किलों में मैं कभी,
दे के धड़कन भी अपनी मुझको जिलाता है कोई !

न कोई नाम है मिला ना कोई सूरत ही दिखी,
छुप के पलकों से मेरे दिल में समाता है कोई !

❑

हिसाब

मुझको मेरे लम्हों का हिसाब चाहिए,
जो भुला सके ग़मों को वो जवाब चाहिए !

लौटेंगे ना जो मेरे दिन यूँ ही गुज़र गए,
जो मिटाए वक़्त के निशाँ वो तेज़ाब चाहिए !

रिझा सके ना किसी को मर के भी हम यहाँ,
जो खिलाए फिर से आईना वो शबाब चाहिए !

ढल चुकी हैं ख़्वाहिशें मेरे मर गए हैं ख़्वाब,
जो जिला सके उन्हें फिर से वो शराब चाहिए !

सींचा था जिनको आँसू से वो फूल ना खिले,
जो मुस्काए मुझको देख वो सवाब चाहिए !

जो हटा दे सब अँधेरे और जला दे मेरे दिए,
मुझे ज़िंदगी में ऐसा इक आफ़ताब चाहिए !

❑

दिल्लगी

दिल्लगी से कोई मेरा अब करार ना रहा,
मुझको किसी का भी अब इंतज़ार ना रहा !

निकले हैं वो समंदर में मोती को ढूँढ़ने,
कहते हैं उनको इश्क़ पे अब ऐतबार ना रहा !

झुकते थे हर सुबह जहाँ लोगों के सिर कभी,
सुनते हैं कोई वहाँ अब मज़ार ना रहा !

उठते ही दौड़ते हैं लोग रोटी की खोज में,
सुबह को भी रात का अब ख़ुमार ना रहा !

तारूफ़ मेरा देते हैं वो महफ़िल में दीवाना,
उनके दोस्तों में नाम मेरा अब शुमार ना रहा !

❑

अब तो आ जाओ तुम

जब भी मंज़िल कोई या मुक़ाम आया,
ज़ुबाँ पे बस तेरा ही इक नाम आया !

जो कभी फूल मिला राह में पेड़ों के तले,
यूँ लगा मुझको कि तेरा मुझे पैग़ाम आया !

ख़ुशबू आ जाती है ख़्वाबों में आने से तेरे,
जो तू मुस्काए लगे सजदे का इनाम आया !

अब तो आ जाओ तुम ख़्वाबों से बाँहों में मेरी,
दिल के मैख़ाने का अब आख़िरी ये जाम आया !

तारे लाखों खिलें रातों को आसमाँ में तो क्या,
मगर इक चाँद के खिलने से ही आराम आया !

❑

इशारा

मेरी ख़ामोशी को कमज़ोरी ना मानिए,
बोलते ही हंगामा होगा बस इतना जानिए !

कुछ बातें बिन अल्फाज़ के भी होती हैं,
इशारा नज़रों का अब तो पहचानिए !

चल पड़ें हवाएँ मुख़ालिफ़ सी तो क्या,
ज़िंदगी को हमेशा पतंग सा तानिए !

लफ़्ज़ आपके कभी चुभने ना लग जाएँ,
बातों को सलीके की छलनी से छानिए !

आँसुओं को मुस्कराहट में बदलना है,
हर वक़्त अपने दिल में बस इतना ठानिए !

❑

किरदार

शिकायत ज़िंदगी से ना बार-बार करो,
मज़बूत कुछ अपना भी किरदार करो !

बटोरी बहुत रोशनी तुमने अपने लिए,
अब तो घर दूसरों के भी गुलज़ार करो !

जो बात बीती सो बीती उसे जाने दो,
आज से बात कुछ नई मेरे यार करो !

तुम तो कहते थे मोहब्बत के बुत हो तुम,
फिर कभी तो अपनी बात सरोकार करो !

खोने से ही मिलते हैं सबक ज़िंदगी के,
वक़्त रहते ग़लतियाँ तुम भी दो-चार करो !

हँसे जिससे बचपन और महफ़ूज़ हो बुढ़ापा,
करना है तो कोई ऐसा कारोबार करो !

❑

जुदाई

दिल की धड़कन भी है, दिल भी है तनहाई भी,
आज बिछड़े हैं हम, इश्क़ भी है रूसवाई भी !

ऐसा लगता है शायद, ख़ुदा की यही मर्ज़ी है,
बात मानी है हमने, और उन्हें समझाई भी !

दूरियाँ प्यार में, इतनी कभी नहीं देखीं,
बात लगती है ये, अपनी कभी तो पराई भी !

ढूँढ़ता हूँ तो मैं, ख़ुद को भी नहीं पाता,
खोई है ज़िंदगी, और खोई है परछाईं भी !

फासला साँसों का, इतना कभी नहीं होता,
न सुने आदमी, ना सुन सके ख़ुदाई भी !

आज जागा हूँ तो, इस बात पे हैराँ हूँ,
लिपता हूँ ख़ुद से, और देता हूँ मैं बधाई भी !

ज़िंदगी ख़्वाब की, बातें ही बस नहीं होतीं,
होती है पलकों के, पीछे कहीं रूलाई भी !

तू मेरा साज थी, और तू ही मेरी सरग़म भी,
पर ना सुनी बात तूने, ना बात कुछ सुनाई भी !

जाऊँगा बात मैं, अपनी बता के दुनिया को,
ताकि महसूस करें, वो जान की जुदाई भी !

दिल की धड़कन भी है, दिल भी है तनहाई भी । ❑

इश्क़िया

दिल के तार टूटे तो बस तार-तार हो गए,
अच्छे थे हम पर इश्क़ में बीमार हो गए !

कहते थे वो दूर से ही देखो बस हमको,
पर हम परवाने थे लौ के शिकार हो गए !

आँखों के कोनों से हमें देखा उन्होंने ऐसे,
नयन उनके दो धार की एक कटार हो गए !

कैसे बयाँ करें हम ये अपनी अजीब दास्ताँ,
हम दर्द की रातों के एक गुलज़ार हो गए !

ख़ुद से पूछते हैं हम अब अपना ही हाले दिल,
हमसफ़र के जुनून में हम ख़ुद के पार हो गए !

उड़ाते थे मखौल हम इश्क़िया कुछ यारों का,
शौक़ से हम भी अब उनमें ही शुमार हो गए !

❑

तो ग़ज़ल होती है

जुगनू आँखों में सजाएँ तो ग़ज़ल होती है,
दिया अश्कों से जलाएँ तो ग़ज़ल होती है !

यकीं की धार हो और हो प्यार का झरना,
फिर अगर डूब के जाएँ तो ग़ज़ल होती है !

सुना है बेतकल्लुफ़ है तेरा आईने से हुस्न,
मुझको तू आईना बनाए तो ग़ज़ल होती है !

तेरे ख़तों को जलाया था जिस जगह जाना,
फिर उधर से गुज़र जाएँ तो ग़ज़ल होती है !

ख़ुशबू आती है हवाओं में तेरे आने से,
मेरी साँसें भी महक जाएँ तो ग़ज़ल होती है !

अपने पहलू में तुझे पाऊँ मैं हर रात यहाँ,
ख़ुदा से तू भी ये ही चाहे तो ग़ज़ल होती है !

❑

फ़ासले

यूँ ही मल रहे हो तुम अपने हाथों को
या भुला रहे हो बीती हुई बातों को
क्या गुज़री हुई यादों को निभा रहे हो
या मुझे हाथों की लकीरों से मिटा रहे हो ?

कहा है गए वक़्त को बुलाना नहीं अच्छा
पुरानी गई बातों को दोहराना नहीं अच्छा
फिर क्यूँ देखते हो मुड़-मुड़ के कहीं दूर
या फिर अपने आप को यूँ ही सता रहे हो ?

या मुझे हाथों की लकीरों से मिटा रहे हो ?

याद है मुझे कि मैं था तुम्हारी क़िस्मत
पर किया तुमने मुझे रिश्ते से रुख़सत
मैं जब जा चुका हूँ दूर कहीं वक़्त से
फिर क्यूँ अब भी वो रिश्ता निभा रहे हो ?

या मुझे हाथों की लकीरों से मिटा रहे हो ?

न मैं हुआ तुम्हारा ना तुम ही बने मेरे
थे दोनों साथ हम पर फ़ासले थे बहुतेरे
फ़ासलों को नापना तुमने नहीं था चाहा
फिर क्यूँ अब आँसुओं में बहे जा रहे हो ?

या मुझे हाथों की लकीरों से मिटा रहे हो ?

❑

क़िस्मत

बहुत मासूम दिल है ये मगर क़िस्मत निराली है,
बहुत सी भीड़ है दिखती मगर दिल फिर भी खाली है !

ख़ुदा जिसको बनाया था उसी ने मुझको लूटा है,
भरे बाज़ार में उसने मेरी इज्ज़त उछाली है !

अब ना कोई चाहत है और ना ही उम्मीदें हैं,
लकीर हमने वफ़ा की ख़ुद हाथों से मिटा ली है !

तसव्वुर जब से टूटा है तभी से मैंने माना है,
मेरी तसवीर उसने अब दिल से ही हटा ली है !

लगाई हम पे तोहमत है उसे मालूम है लेकिन,
उसी ने शक के शोलों से ख़ुद दुनिया जला ली है !

❑

ज़िंदगी की बात थी

ज़िंदगी की बात थी तो ज़िंदगी में खो गए,
मैं भी उनका हो गया और वो भी मेरे हो गए !

कल तलक नज़दीक थे पर फ़ासले थे सोच में,
आँखों से परदा हटा तो हम भी क़ायल हो गए !

वो वहाँ पर वो ना थे और मैं यहाँ पर मैं ना था,
आज पर जो दिल मिले तो मैं से हम हम हो गए !

आँखों में उनकी चमक और शोख़ी है अंदाज़ में,
होंठ उनके अब जहाँ में सबसे मीठे हो गए !

वो वहाँ मग़रूर हैं और मैं यहाँ मदहोश हूँ,
प्यार की इस दिल्लगी में दोनों पागल हो गए !

❑

तेरे-मेरे दरमियाँ

एक सच का फासला है तेरे मेरे दरमियाँ,
झूठ का बिखरा सिला है तेरे मेरे दरमियाँ !

वक़्त भी भूला कहीं और याद मुझको भी नहीं,
ना बचा कुछ भी भला है तेरे मेरे दरमियाँ !

चाँदनी तपती हुई और ओस भी झुलसी हुई,
पल ना अब कोई खिला है तेरे मेरे दरमियाँ !

चाँद भी अब सुर्ख है और आसमाँ धुँधला हुआ,
इक जफा का सिलसिला है तेरे मेरे दरमियाँ !

ये हवा ख़ामोश है और साँस भी गुम सी जरा,
लम्हा इक फिर से जला है तेरे मेरे दरमियाँ !

❑

किनारा

मेरी कश्ती का मुझे कोई किनारा ना मिला,
है फ़लक ढूँढ़ा मगर मेरा वो तारा ना मिला !

खोया मैंने चैन था बस देख उसे पहली नज़र,
हैं बरस बीते मगर चैन दोबारा ना मिला !

मेरी क़िस्मत पे रोज़ रोए हैं कितने गुलज़ार,
फिर भी आँसू कोई रोके वो सहारा ना मिला !

मैं तो ज़िंदा हूँ समंदर में इक सीपी की तरह,
मगर मुझको कोई मोती यहाँ प्यारा ना मिला !

हमने माना था अपने प्यार को एक बंदगी,
ख़ुदा तो दूर इक इश्क़ भी हमारा ना मिला !

❑

अब

ज़िंदगी में इश्क़ का अब एक फसाना चाहिए,
मिट गए हैं फासले अब पास आना चाहिए !

ख़्वाब में देखा था जब दूर से चाहा तुझे,
पतझड़ों में भी कभी तो फूल आना चाहिए !

आसमाँ में सुर्ख़ियाँ थीं चाँद भी खिलता ना था,
सूखे होंठों पे कभी तो जाम आना चाहिए !

पलकों ने जिनको छुपाया दोस्तों से आज तक,
आँखों से मेरी उन्हें अब मुस्कराना चाहिए !

देखते हैं सब तुझे पर जानता कोई नहीं,
वक़्त है अब तो तुझे अपना बनाना चाहिए !

❑

तुझे प्यार किया

तेरे आने का इंतज़ार किया,
तुझसे भी ज़्यादा तुझे प्यार किया !

तेरे चेहरे की वो गुलाबी सी हँसी,
तेरे होंठों पे दिल निसार किया !

ना बुलाया किसी को ख़्वाबों में कभी,
बस तेरी ख़ुशबू को शुमार किया !

ना मैं भूला ना मेरी धड़कन ही भूली,
याद हर साँस ने हर बार किया !

प्यार मरके भी मैं करूँगा तुझसे,
ज़िंदगी भर तो बेशुमार किया !

❑

ख़्वाहिश

ज़मीं को आसमाँ से मिलाना चाहता हूँ,
मैं दिलों के फासले मिटाना चाहता हूँ !

चुभाएँ हों नश्तर उन्होंने कितने भी मुझको,
मैं उन्हे याद कर बस मुसकराना चाहता हूँ !

उड़े है वतन की जो मिट्टी इस फ़लक पे,
उस धूल को मैं सेहरा बनाना चाहता हूँ !

रखा था जिसने मुझको अपने ही बदन में,
उस माँ को मैं ईश्वर सा निभाना चाहता हूँ !

दुनिया के जो दूर कर दे सारे अँधेरे,
मैं ऐसा एक सूरज उगाना चाहता हूँ ।

❑

सियासत

जब से कारोबार यहाँ मज़हब का चला है,
तब से ना रुका लाशों का सिलसिला है !

ये सियासी सेंकते हैं जिस आग पे रोटियाँ,
वो आग नहीं पाकीज़ा गरीब का घर जला है !

मिटा दो सभी को जिनका यकीं फरक है,
घिनौना मज़हब के ठेकेदारों का फैसला है !

कल लगते थे जहाँ ईद-होली मिलन के मेले,
आज सड़कों पे वहाँ दहशत का क़ाफ़िला है !

बुझाओ चिंगारियों को जलाएँगी सभी को,
ना हैवानियत ने बख़्शा किसी का भला है !

जागेगी इनसानियत दिलों में कभी यक़ीनन,
हर शख़्स ख़ुद को देता नेकी का हौसला है !

❑

इरादा

मुश्किल इस राह में मुस्कान नहीं छोड़ूँगा,
ऊँचाई की चाह में स्वाभिमान नहीं छोड़ूँगा !

यादों के पुराने वो मकान नहीं छोड़ूँगा,
बचपन में बोया वो आसमान नहीं छोड़ूँगा !

दोस्त को अपने कभी परेशान नहीं छोड़ूँगा,
मदद के अपने कहीं निशान नहीं छोड़ूँगा !

लफ़्ज़ों का अपने कभी ईमान नहीं छोड़ूँगा,
बड़ों की दुआओं का जहान नहीं छोड़ूँगा !

वक़्त को इरादों से अनजान नहीं छोड़ूँगा,
मौत में भी ज़िंदगी को वीरान नहीं छोड़ूँगा !

❑

अहसान

मैं चला उनके घर से तो उनके लिए जहान माँगा,
पलटकर उन्होंने बस थोड़ा और सामान माँगा !

हो चली उम्र से गहरी जब हाथों की लकीरें मेरी,
छुड़ाकर हाथ उन्होंने तब मेरा गिरहबान माँगा !

सीने पे दी चोट जो उनकी ख़ातिर कभी रकीबों ने,
इशारे से उन्होंने वापस वो उसका निशान माँगा !

कसमें दिलाई वफ़ा की मैंने बरसों निभाया था जिन्हें,
मुस्करा के उन्होंने बस एक और इम्तिहान माँगा !

भुलाऊँ यादों को मैं अपनी गुज़ारी उनके साथ जो,
और उनको भी ना याद आऊँ ये आख़िरी अहसान माँगा !

❑

तू और मैं

तेरे पहलू में ज़माने की ख़ुशी मिलती है,
वक़्त बीता है मगर प्यास ये ना ढलती है !

मैं जो जलता हूँ अमावस के चिरागों की तरह,
बन के तू बाती मेरे साथ-साथ जलती है !

तेरी आँखों में रहता हूँ मैं हर पल ज़िंदा,
तू भी आँखों में मेरी रोज़ ही पिघलती है !

मैं तेरी जान हूँ और रूह मेरी है तू यहाँ,
मेरी हर साँस तेरी साँस से निकलती है !

मैं नसों में तेरी मेरी रग में तू लहू सी बहे,
धड़कनें दोनों की एक-दूसरे से चलती हैं !

❑

नसीब

सच्चा फैसला दे दे वो इम्तिहान ना मिला,
कभी ज़मीं या फिर कभी आसमान ना मिला !

दौड़ते ही रह गए हम ज़िंदगी की राह में,
बहुत मिले इनाम पर कोई मुकाम ना मिला !

यकीं बंद आँखों का था मुझे मेरे जुनून पर,
ग़ज़लों में उनकी मगर मेरा नाम ना मिला !

ख़्वाब उनकी याद के भटके फिरे थे रात भर,
पलक थी झुकी मेरी पर इत्मिनान ना मिला !

सितारों की बारात में फ़लक वो हसीन था,
सुबह को उसका मगर कोई निशान ना मिला !

❑

इशारा

मेरे महबूब की मेहँदी का नज़ारा क्या है,
काजल का इन आँखों में इशारा क्या है !

मेरी आँखों में डूब जाएँ समंदर कितने,
तेरे दिल की हस्ती का ये किनारा क्या है !

तेरी मुस्कान पे कुरबान है हज़ारों दिल,
फिर दिल मेरा प्यारा ये बेचारा क्या है !

तेरी ज़ुल्फ़ों के बहने से बहती है मस्ती,
फिर हवा का तेरे बिन ये गुज़ारा क्या है !

तेरी ख़ुशबू से मेरी साँस आज है महकी,
अब नहीं पूछना कि रिश्ता हमारा क्या है !

❑

टूटा तारा

टूटा तारा मेरी आँखों में यूँ पिघला कैसे,
फिर तेरा नाम मेरे होंठों से यूँ निकला कैसे !

चाँदनी रात भर मेरे होंठों से शरारत करे,
फिर मेरा चाँद हथेली से यूँ फिसला कैसे !

मेरे दिल की धड़कन में तू हमेशा से थी बसी,
फिर मेरा दिल तेरी याद में यूँ मचला कैसे !

हाथों की लकीरों में देखा तुझे था कभी,
फिर तेरा प्यार उम्मीद से यूँ बदला कैसे !

रोज़ आँखों में चुभें लम्हे वो जफ़ा के तेरे,
फिर मैं भुलाऊँ गया वक़्त यूँ पिछला कैसे !

❑

सौग़ात

मेरी ज़िंदगी की बात है
एक रात यहाँ से गुज़री है
बयाँ कभी जो हो ना सके
वो बात यहाँ से गुज़री है !

जिसको कभी देखा ही नहीं
वो नज़र यहाँ से गुज़री है
जिसको कभी जाना ही नहीं
वो सहर यहाँ से गुज़री है !

छुआ जिसने जिस्म को उसके
वो हवा यहाँ से गुज़री है
जो मैंने की थी उसके लिए
वो दुआ यहाँ से गुज़री है !

गुज़रे हैं दिन गुज़री हैं रातें
सोच रहा हूँ सारी वो बातें
जो सपनों में देखी उसके लिए
वो सौग़ात यहाँ से गुज़री है !!

❑

ममता

मेरी ज़िंदगी की तू आस है तेरे साथ ये अहसास है,
कहीं भी जा तू कहीं भी रह तेरी साँस में मेरी साँस है !

कभी जो गर महसूस हो ख़िलाफ़ हवा का रूख़ तेरे,
मेरे आँचल से रूख़ मोड़ ले मेरी हर दुआ तेरे पास है !

टूटें गर साँसों की कड़ियाँ दुनिया की इस दौड़ में,
तू भूल मत तेरे साथ हूँ मैं तेरी साँस में मेरी साँस है !

मेरा ख़ून है तू ये जान ले मेरी ज़िंदगी है तू मान ले,
है तेरी ख़ुशी मक़सद मेरा तेरी ख़ैर ही बस खास है !

रगों में तेरी मेरा दूध है और प्यार की ये मिठास है,
सपने आँखों में तेरे लिये तेरी साँस में मेरी साँस है !

इक हवा का झोंका नम लगे गर कभी चेहरे पे तेरे,
तू सोच इक आँसू है गिरा तेरी माँ का मन उदास है !

अफ़सोस से ना याद कर दुनिया में गर मैं ना रहूँ,
तू याद रख गर मैं ना रही मेरी रूह तेरे ही पास है !

मेरी ज़िंदगी की तू आस है तेरे साथ ये अहसास है,
कहीं भी जा तू कहीं भी रह तेरी साँस में मेरी साँस है !!

❑

चुपके से

अपने दिल का हाल मैं अब उनको नहीं सुनाऊँगा,
ज़िंदगी अपनी मैं सारी बस ख़ुद ही जीता जाऊँगा !

धड़कनों पर ज़ोर अपना कुछ भी नहीं लगाऊँगा,
रुकती हैं तो रुक जाएँ मैं उनको नहीं चलाऊँगा !

लम्हों का हिसाब सारा मैं बिल्कुल नहीं चुकाऊँगा,
गुज़रते हुए उन्हें देखकर मैं ख़ुद ही मुस्कराऊँगा !

दिल से दिल की बात ना हो मैं सपनों को सुलाऊँगा,
उन्हें तो ना मैं भूल पाऊँ पर ख़ुद को मैं भुलाऊँगा !

न उन्हें महसूस होगा ना मैं उन्हें बताऊँगा,
ज़िंदगी से एक रोज़ उनकी चुपके से गुज़र जाऊँगा !

❑

जवाब

ना ज़िंदगी में कुछ भी बेहिसाब होता है,
हर ग़लती की सज़ा का हिसाब होता है !

जो दे सके हर हाल में इस जहाँ को रोशनी,
कम नहीं गर एक भी आफ़ताब होता है !

चाहे सुनाए ताने कितने दुनिया उसके दाग़ पर,
फिर भी जो देता चाँदनी मेहताब होता है !

मौसम सुहाना गर तो खिल सके हैं सब यहाँ,
काँटों में जो खिल जाए वो गुलाब होता है !

करे ज़ुल्म कितने कोई ताक़त की कमान पर,
बेआवाज़ ख़ुदा की लाठी का जवाब होता है !

❑

साँसों का साज़

रहे हमेशा पास तुम्हारे ख़ुशियों की बारात,
ख़ुदा से माँगे प्यार तुम्हारा बस ये ही सौग़ात !

चाहे कुछ भी हो जाए पर होना नहीं उदास,
बंद करोगी आँखों को जब तुम होंगी मेरे पास !

नहीं चाहिए तुम से कुछ भी कह दो बस एक बात,
रहोगी अगले जनम में तुम बस मेरे ही साथ !

तब लूँगा अपनी बाँहों में अपने दिल के पास,
जी लूँगा इस जनम को भी तेरी साँसों के साथ !

अब बस चाहत इतनी है सुनूँ तेरी आवाज़,
और सजा लूँ दिल में जैसे तेरी साँसों का साज़ !!

❑

बहाना

बातें उनसे प्यारी करके उम्र मैं सारी जी लेता हूँ,
यादों को उनकी सारी मैं दिल में अपने सी लेता हूँ!

कहता हूँ उनसे मैं जो भी दिल की मेरी बातें हैं,
अपनी सूरत देख के उनकी आँखों में मैं जी लेता हूँ!

अब तो हरदम लगता ऐसा जन्मों के हम साथी हैं,
उनके साथ कुछ ही लम्हों में जनम वो सारे जी लेता हूँ!

उनसे प्यार की ख़ुशबू ऐसी जिस्म ये सारा महका है,
बातों ही बातों में उनकी मैं ख़ुशबू सारी ले लेता हूँ!

उनके कुछ पल साथ से मेरे ये उम्र मेरी बढ़ जाती है,
उसको अपने दिल में लेकर पल वो फिर मैं जी लेता हूँ!

याद उन्हें करना भी हर पल मेरे महबूब बहाना है,
क्योंकि हर पल याद से उनकी उनको भी मैं जी लेता हूँ!!

❑

अंदाज़

कैसे पाता प्यार को अपने जब दूर मैं उससे होता हूँ,
महसूस उसे तब करने का मैं अंदाज़े बयां कर देता हूँ !

आँसू बनके उन आँखों का मैं गालों को उसके सेता हूँ,
फिर पलक झपकते ही उसके उन होंठों को छू लेता हूँ !

जब पीती आँसू वो अपने मैं साँसों में घुल जाता हूँ,
हवा मैं बन के सीने की दिल में उसके बस जाता हूँ !

दिल में उसके लहू के संग कतरों में उसके खोता हूँ,
रगों में उसकी बह-बह के बस फ़ना मैं उसमें होता हूँ !

सबकुछ अपना खोता हूँ पर कहने को मैं पाता हूँ,
पाकर सबकुछ खोता मैं खोकर सबकुछ पाता हूँ !!

❑

गुलज़ार

दिल मिला दिलदार मिला मेरा मुझको संसार मिला,
सपनों में जो सोचा नहीं ज़्यादा उससे हर बार मिला !

दुआ मिली कितनों की मुझे सबका मुझको प्यार मिला,
न याद करूँ कड़वी बातें सबक़ ये बारंबार मिला !

मर जाऊँ मैं यारों पे उसूलों का ऐसा हार मिला,
गर छूटा था उस पार कोई आ के मुझको इस पार मिला !

ना दौलत-पैसा है सबकुछ ऐसा मुझको व्यापार मिला,
है इनसानियत बड़ी सबसे जीवन का ऐसा सार मिला !

जहाँ हुआ कमज़र्फ कभी रिश्तों में बस ख़्वार मिला,
वरना तो दिन-रात यहाँ ख़ुशियों का गुलज़ार मिला !

तू

दिल क्या करे मजबूर है मेरी आँखों में तेरा नूर है,
तू साथ मेरे हो-न-हो मेरी साँसों में तू ज़रूर है !

ये उम्र भर चलता चला तेरी चाहतों का सिलसिला,
ज़िंदा तेरी ख़्वाहिश रही धड़कनों में तू मशहूर है !

चाहे फ़लक हो या फ़ासला ना साथ बिन कोई खिला,
इक साथ से ही गुल खिले यही दुनिया का दस्तूर है !

अब तू बता मैं क्या करूँ ज़िंदा रहूँ या मैं मरूँ,
मेरी आशिक़ी अब तू ही है क्या तुझको भी मंज़ूर है !

आजा गले लग जा तू अब इबादतों का बनके सबब,
हाथों को मेरे थाम ले जाना हमें कहीं दूर है !!

❑

क़रार

ये उम्र लम्हों में सिमट जाए तो क़रार आए,
बात बिगड़ी भी सँवर जाए तो क़रार आए !

रातें महकी हों चाँदनी में यहाँ बरसों तो क्या,
कभी दिन में भी सुरूर आए तो क़रार आए !

दिल धड़कता है तेरी याद में हर लम्हा मेरा,
उम्र भर यूँ ही गुज़र जाए तो क़रार आए !

मय का मंज़र हो, और जाम हो लबों पे मेरे,
और जी पीने से मुकर जाए तो क़रार आए !

आसमां छू के यहाँ बरसी ये घटाएँ अकसर,
कभी आसमां भी बरस जाए तो क़रार आए !

❑

सबके लिए

ज़िंदगी में सबकी बस ऐसा ही नूर हो,
ख़ुशियाँ हों हर साँस में ऐसा सुरूर हो !

चमक हो दिलों में हर पल हँसी साथ हो,
ग़ैर दर्द में आँसू मगर आँख में ज़रूर हो !

चाहे कभी आपका कोई नाम हो न हो,
दरियादिली मगर आपकी बहुत मशहूर हो !

बच्चों से ख़्वाब हों सब्र का इनाम हो,
ज़िंदगी इमान की जीने का शऊर हो !

क़ामयाबी हर क़दम मंज़िल मक़बूल हो,
पर ना कभी भूल से भी कोई यहाँ मग़रूर हो !!

❑

मैंने ख़ुशी पाई है

कैसे कह दूँ कि दुनिया बड़ी हरजाई है,
जबकि पहलू में तेरे मैंने ख़ुशी पाई है !

साथ छोड़ा हो तो क्या दोस्तों ने कभी,
मुझसे लिपटी ये हमेशा मेरी परछाई है !

सोया हूँ थक के गर और रो-रो के कभी,
ख़्वाबों ने रात में दुनिया नई दिखाई है !

गर कभी टूटा है इन धड़कनों का समां,
अगले पल साँस ने इक ज़िंदगी चुराई है !

गर जो स्याह रात हो अमावस की कभी,
ख़ुद ही सुबह मेरी सूरज की हँसी लाई है !

❑

हालात

साँस रूकने को है तो पता चला है
कि ज़िंदगी तो पानी का बुलबुला है !

रोशनी से ज़्यादा वहाँ आग दिख रही है
लगता है किसी ग़रीब का घर जला है !

आदमी को बाहर जाकर पहचानिए,
अपने घर में तो हर शख़्स ही भला है !

अख़बार की सुर्ख़ियों को पढ़ूँ या रो पड़ूँ,
हैवानियत का फैला हर तरफ़ सिलसिला है !

फूल भी अब गुलशन में क्यूँ खिलते नहीं,
क्या इन्हें भी मौजूदा हालातों से गिला है !

❑

तुझे कैसे बताऊँ मैं?

मैं तुझसे प्यार करता हूँ, इसे कैसे भुलाऊँ मैं,
तू ही एक ख़्वाब है मेरा, तुझे कैसे बताऊँ मैं?

तेरी धड़कन को सुनता हूँ, रोज़ अपने सीने में,
मगर आवाज़ साँसों की, तुझे कैसे सुनाऊँ मैं?

परवाना नहीं हूँ पर, इतना जानता हूँ मैं,
है जाँ मेरी शमा में तो, उसे कैसे बुझाऊँ मैं?

मुझे मालूम है ये भी, कि तू भी ख़ुद से खोई है,
तो गिन के दिन में तारों को, कैसे मुसकराऊँ मैं?

कभी सोचूँ तेरी चाहत में, दुनिया से बिदा ले लूँ,
और अगले जनम में फिर, क़िस्मत आज़माऊँ मैं?

इश्क़

छू के भी मगर वो अनछुआ सा रहता है
कहीं ज़मीं तो कहीं आसमाँ सा रहता है

कहीं जम के महकता है आइनों में भी
कहीं दिल के संदूक में बेज़ुबाँ सा रहता है

जब होता है तो आग सा जलता है
राख होने पे भी इक धुआँ सा रहता है

कहते हैं इसकी कोई वजह नहीं होती
हो गया तो धड़कनों में पासबाँ सा रहता है

बसाया हो ख़्वाबों में या सीने से लगाया हो
ज़िंदगी भर इसका मगर गुमाँ सा रहता है

यादें भी कभी इसकी यहाँ बूढ़ी नहीं होतीं
ये इश्क़ है जो हरदम ही जवाँ सा रहता है !

❑

यक़ीं

दिल की धड़कन अपनी मैं गुनगुनाने आया हूँ,
उन्हें समझता हूँ अपना ये बात बताने आया हूँ!

रूठे हैं वो दुनिया से और ख़ुद से नाराज़ हैं,
लेकर चाँद हथेली पे मैं उन्हें हँसाने आया हूँ!

सूखी है दिल की मिट्टी और आस है मुरझाई सी,
बन के ओस रातों की मैं ख़्वाब खिलाने आया हूँ!

आँधी हो जफ़ाओं की या फिर दर्द की बारिश हो,
एक सूरज है बस रात परे बस ये समझाने आया हूँ!

इक हवा का झोंका हूँ और ख़ुशबू फ़िज़ाओं की,
हर पल ही मैं साथ हूँ ये यक़ीं दिलाने आया हूँ!

❑

अरमान

तेरी आँखों से निकले, आँसू भी पैग़ाम देते हैं,
मेरी तनहाई का दामन, चुपके से थाम लेते हैं !

ढलकता हो तेरा आँचल या तेरी ज़ुल्फ़ के साये,
तेरे अंदाज़ से ही तुझको, हम पहचान लेते हैं !

तेरा मुसकाना कुछ ऐसा, जहाँ के ग़म मिटा दे वो,
तेरे होंठों की मस्ती पे, जहाँ कुरबान देते हैं !

तेरा कहना मुझे वो फिर, पलट के फिर नहीं आना,
तेरे सदके में बैठे हैं, जो तुझपे जान देते हैं !

तेरी तक़दीर थी शायद, जो पहचान ना पाई,
वरना सबको न हम ये, प्यार का अरमान देते हैं !

❑

तुम

गर चाहो तो तुम भी कुछ कर जाओ
या फिर औरों की तरह यूँ ही गुज़र जाओ,
उठाओ हाथ तुम भी मदद में औरों की
या फिर यूँ ही जियो और यूँ ही मर जाओ !

कल
कल जब तुम ऑफ़िस के लिए निकलोगे
तो ट्रैफ़िक लाइट पर रुकना
खिड़की का शीशा नीचे करना
अपनी कार का तुम
और
और पकड़ लेना
उस बच्चे का हाथ
जो अपनी उन उँगलियों से
दस्तक दे रहा था
तुम्हारे शीशे पर
तुम्हारी एक नज़र और
छोटी सी भीख के लिए !
पल भर के लिए
आँखें बंद करना अपनी तुम
और फिर ईमान से बताना
क्या उसकी उँगलियाँ
तुम्हारे बच्चे की उँगलियों से
वाक़ई फ़र्क़ हैं ?
झाँकना उसकी आँखों में
और देखना उनमें

ख़्वाहिशों का सैलाब
और
वो अनगिनत छोटे-छोटे ख़्वाब
जो अकसर
या तो गाड़ियों के पहिए तले
ज़ख़्मी हो जाते हैं
या फिर
हो जाते हैं
बेबस और निढाल
गाड़ियों के शीशों पर दस्तक देते-देते !
फिर भी
तुम्हारे और उसके हाथों में
कुछ तो बराबर है
तुम अपने बच्चों को पालते हो
और वो अपने माँ-बाप को !
तुम
उतरना अपनी गाड़ी से
और उस बच्चे को गोद में उठाना
बिल्कुल शर्म मत करना
और उसको बताना
ऊपर वाला सबका है
और उसी ने सबको सहेजा है
आज उसको गोद में उठाने
ऊपर वाले ने ही तुमको भेजा है
और फिर
कुछ देर खेलना उसके साथ
और पूछना उससे
क्या कभी वो बिस्तर पर सोया है

सबसे क़ीमती उसने इस दुनिया में क्या खोया है
कैसे वो सड़क पर कलाबाज़ी खाता है
सर्दी में बिन कपड़े बदन को कैसे बचाता है?
क्या कभी वो भी
माँ-बाप से नाराज़ हो पाता है
और गर होता है तो क्या कोई उसे भी कभी मनाता है
क्या कभी दीवाली पर
उसके लिए भी कोई नए कपड़े सिलाता है
रक्षाबंधन पर थाली में सजाकर
क्या कभी उसे भी कोई मिठाई खिलाता है
क्या कभी उसे भी
कोई स्कूल बस के लिए जगाता है
पेरेंट टीचर मीट में
क्या उसके माँ-बाप को भी कोई बुलाता है !
ये भी पूछना उससे
पानी की ख़ाली बोतल से
खिलौना कैसे बनाता है
फेंके हुए खाने के डिब्बे से
कैसे खाना निकालकर खाता है ?
तुममें
तुममें कुछ झिझक होगी
पर वो मुसकरा रहा होगा
ज़िंदगी की परेशानियों को
बस हँसी में उड़ा रहा होगा
तुम कहीं और मत जाना
अपने आपको वहीं समेट लेना
उसी पल में
उसी जगह

और महसूस करना
अपने उस अंदर के आदमी को
जो अकसर
अच्छे कपड़ों में
गाड़ियों में मकानों में
होटल में दुकानों में
तुमसे कहीं दूर छिप जाता है
देखते हो आईना रोज़ ही
पर वो बरसों नज़र नहीं आता है
जकड़ लेना उसे
अपने उस अंदर के आदमी को
अपने दिल की बाहों में
वहीं उसी सड़क पर
और छोड़ना नहीं
फिर कभी भी उसे
क्योंकि
बस वही तुम्हारी रूह है
वही तुम्हारी पहचान है
तुम्हारे जिस्म की अस्मत है वो
वो ही तुम्हारी जान है
फिर मोबाइल निकालना अपनी जेब से
और फोन करना अपने बॉस को
कहना उसे
कि आज तुम ऑफ़िस नहीं आओगे
आज का दिन
बस अपनी रूह के साथ बिताओगे !

□□□